処刑タロット

プロローグ

クラスメイトの女子が、水着姿でロシアンルーレットをやっていた。

そんな映像だった。

頭に突きつける拳銃が本物かもしれないと思った理由はいくつかある。

まず、その彼女が最近教室にいないことは確かだった。教室の中心で笑顔を振りまいていた彼女は、ここ三日欠席している。

そして映像の入手経路が少し特殊だった。自動販売機で缶コーヒーを買っていると、横のゴミ捨て場でゴミをあさっている生き物と出会った。いや、生き物といっては語弊がある。

それは妖精だった。

《すいません、電池をください》

パソコンのマウスから電池を外して渡してやると、妖精は電池の+極《プラス》をなめ始める。その妖精はロボットだった。

学校を清掃する自走式ロボットが脱走するという噂《うわさ》を聞いたことがある。無給の仕事に嫌気がさしたのか、外の世界を知りたかったのか理由はわからない。

とにかく野良《のら》掃除機となったそれは、公衆トイレの電源で充電したり、ゴミ捨て場をあさって電池を探しているらしい。同じように野良《のら》となったロボット妖精なのだろうか。

飼い主はいないのかと聞くと、妖精は《友人はいるんです》と答え、こちらのスマホに妙に複雑なアドレスを勝手に打ち込んだ。そして、再生された映像がそれだった。

《助けてあげてくれませんかね？》

コンクリートの打ちっぱなしの部屋に椅子が一脚置いてある。座っているのはビキニの水着を着た彼女だ。そして自らの頭に銃口を突きつけている。

彼女はどこにいるのだと訊《たず》ねると、妖精は首を振る。

《わかりません。でも、この学校の裏側です。裏側といってもそれほど遠くではなく、紙をぺらりと一枚めくっただけの裏側でしょうか》

このようなフェイク映像はネットに多く存在する。それらは視聴者を引きつけようと、派手なガジェットや演技を入れるが、画面の彼女はただ銃口を頭に突きつけているだけだ。

そんな映像に、見とれた。

ぽろりと彼女の目から涙がこぼれた。銃を持つ手がわずかに震えている。拳銃の真偽はわからないが、この表情は本物だった。教室で見たことのない彼女の真実……。

彼女が指に力を入れる。

拳銃の引き金が引かれた。

1　処刑されるタロット

その剣は虹色の光を放っている。

「これでついに魔王を倒すための三つの武器がそろいました」

マントを羽織った金髪の彼女は、これまでずっと勇者を導き、魔王を倒すための三種の聖なる武器を集める旅を共にしてきた。

「いよいよ魔王との決戦ですね、勇者様」

――これは魔王を倒すための旅だ。

突如出現したどす黒い霧。それはあっという間に世界を包み込んだ。闇の中から多くの魔物が出現し、世界は混沌《こんとん》へと向かった。光に満ち平和だった世界ゆえに人間たちは戦い方を知らなかった。魔物たちによって増え続ける死者……。

それでも無力な人間たちは待ち続けた。自ら剣を手に取るのではなく、魔王を倒してくれる勇者を待ち望んだ。……そう、聖剣伝説の再現を。

「今や吟遊詩人にしか語られない聖剣伝説が、伝説ではなかったのは千年前。彼は三つの武器を集め魔王を撃破し勇者となったのです」

彼女がマントを脱ぐと光が散った。背中には蝶《ちょう》のような羽が生えている。

「聖なる印は魔王の玉座の間に導きます。魔王の放つ死の魔法を防ぐには聖なる冠が必要です。あとはあなたの持つこの世界最強の剣で魔王の心臓を貫くのです。三つの聖なる武器がそろっていないと魔王は倒せないのです」

彼女の青い瞳から涙がこぼれた。地面に落ちた涙は真珠となって足元を転がる。

「私はこのときを待ち望んでいました。この世界に秩序を取り戻すため、闇の代わりに光を、恐怖の代わりに喜びを、血と痛みの代わりに歌と踊りを……」

もうすぐこの長い旅が終わる。

聖印を手に入れるために果てしない迷宮に足を踏み入れた。聖冠が沈んでいたのは凍りついた泉の底だ。そして聖剣は空に浮かぶ城の、この空中庭園に。

真っ黒な空が見えた。魔王が出現して以来、ずっと世界は霧に覆われている。霧の隙間からこぼれるわずかな太陽の日差しによって、どうにか草木は生きながらえてきた。しかしこれ以上、世界は耐えられない。

「聖印と聖冠は千年前の勇者が使っていたものです。ただし聖剣は魔王との戦いで折れてしまいました。しかし安心してください、魔王の血族を斬った剣が聖剣となるのです。千年前の勇者もこの空中庭園に剣を取りに来ました」

この浮遊城の空中庭園には、世界最強の剣が生えるという言い伝えがある。千年かけてこの空中庭園は剣を大切に育てたのだ。

「聖なる武器を使いこなせない私の役目はここまでです。私はこの庭園で黒い霧が晴れるのを待っています。千年前の勇者がそうしたように、奇跡を待ちわびています……」

聖なる武器探しは彼女と共にあった。迷宮で迷わないための魔法のカンテラの存在を知っていたのは彼女だ。凍りつく泉を解かすための炎の石、浮遊城にたどり着くためにドラゴンの背に乗ったのも彼女の導きだ。

旅の様々な苦難も彼女の微笑《ほほえ》みによって霧散した。

「それでは聖印を掲げてください」

聖印の刻まれた左手を掲げると、目の前の空間に扉が出現した。

「その扉をくぐった先が魔王の玉座です。さあ、行ってください。勇者たちの力があれば魔王は必ず撃破できます」

剣を振りかざした数十人の勇者たちは、雄たけびを上げ次々と扉になだれ込んでいく。

「ありがとうございます、これで世界は……」

勇者たちが消えた庭園で、彼女だけが一人立ち尽くしている。扉を見つめる彼女の顔から微《ほほ》笑《え》みが消え、小さなため息が漏れた。

「……また、駄目か」

風が吹いて彼女の金髪が揺れる。細い首のうなじの刻印が一瞬だけ見えた。

「やはりな」

鳴海《なるみ》恭平《きょうへい》のつぶやきに、はっとした様子で彼女が振り向く。

「あなたは、まだ行ってなかったのですか？」

「いや、だってまだ魔王を倒す道具がそろっていないからね」

鳴海《なるみ》は手に持った剣を見つめた。左手の甲には聖なる印、頭には聖なる冠。勇者の数だけ聖なる武器は用意されていた。

「あなたは魔王の恐怖に挫《くじ》けたのです。戦いを他の勇者たちに任せ、自らは安全圏に身を隠し、魔王討伐の名声だけを得ようと。しかしそれは不可能です。この世界の誉《ほま》れは魔王を倒した勇者にしか与えられません」

彼女がこちらに鋭い視線を向ける。

「それは違う。俺は君にこの異世界に召喚されてから魔王を倒すことだけ考えていた。だって魔王を倒さなきゃ、元の世界に戻れないんだろ」

「だったら、なぜ行かないのです？」

「言っただろ、道具がそろっていないからだと」

「いいえ、三種の武器はそろっています。聖印と聖冠、そして世界最強の剣」

「折れたんだろ」

鳴海《なるみ》は剣をひゅんと振った。聖剣は魔王との戦いで折れたと彼女が言った。

「はい。でも、千年前の勇者もこの浮遊城の剣を……」

「最後の町で吟遊詩人から聖剣伝説の詩を聞いた。勇者は三つの武器を集める旅をし、その横には美しい女性がいたという」

おそらくその彼女が勇者を導いた。女性は闇に苦しむ人間たちに心を痛め、勇者と旅をしたという。そして勇者は魔王討伐に成功する……。

「討伐後の詩も意外に長かったんだよな。今まで通った町に戻って宴会したり、王様に謁見して姫君と結ばれたり。でも思った。魔王討伐後から、あの女性が出てこないんだ。勇者に献身的に尽くしてきた女性が、ぱったりと詩から消えた」

目の前の彼女は瞬《まばた》きもせずに立ち尽くしている。

「この世界に魔王が出現するのは運命だと。そしてこの空中庭園が魔王を倒す剣を育てるのもまた、世界の運命だと俺は聞かされた」

「そうです。異世界から勇者を召喚するのもこの世界の理《ことわり》。魔王は必ず倒される運命なのです。世界はそのための道具を用意し、待つ」

「君も道具の一つだな」

「そうです。私は勇者を導き、世界に光を取り戻すための……ゲートが閉じますよ」

「閉じる前に話を終わらせるから大丈夫」

鳴海《なるみ》は彼女に微笑《ほほえ》みかけた。

「この旅は意外に楽しかった。敵を倒したりアイテムを手に入れたらまず君が喜んだ。そのうちに、俺たちは何かを手に入れるよりも君を喜ばすことに達成感を持った。君がいなかったら旅は単なる作業だったし、途中で心が折れたと思う」

「それが私の役目ですから。そしてその役目は果たしました」

「いや、終わってない。だって武器がそろってないから」

聖印で呼びだした扉が小さくなっていく。タイムリミットが迫っていた。

「聖印と聖冠は問題ない。でも、これって聖剣じゃないよな。だって魔王を倒したから聖剣と呼ばれたのだから」

自分が手にしているのは、聖なる剣ではなく世界最強の剣にすぎない。

「そして魔王は聖なる三つの武器をそろえないと倒せないと」

「ですから魔王を斬って……」

「でもこれじゃ斬れない。聖剣伝説を聞いたときからそんな矛盾を感じていた。でも、やっとわかったよ。君がその矛盾を埋める言葉をくれたから」

彼女がすっと目を反らした。

「魔王の血族を斬った剣が聖剣となるのです。……君は魔王とは言わなかった」

鳴海《なるみ》は彼女に剣先を向けた。

「魔王の血族の刻印が首筋についているぞ」

彼女ははっとしたように首を押さえた。

「魔王の倒し方を知っていたのも、聖なる武器を使えないのも魔王の血族だからだ。君は魔王の娘だな？　綺麗《きれい》な心を持った君は、世界を闇に落とした父を許せず、勇者に協力した」

「私を斬るつもりですか」

「だってそうしないと聖剣にならないじゃないか。君もその覚悟だったんだろ」

彼女はその場にひざまずく。どんなに抵抗しようとも、二つの聖なる武器と、世界最強の剣を持った勇者にかなわないと知っている。

「覚悟は決まっていません。確かにこの世界に心を痛めていますが、死にたくないんです。私は世界の運命によって動かされていただけなのです」

彼女は祈るように手を組み涙を流している。

「私と一緒に逃げてください。私とあなたなら荒廃した世界でも生きていけます」

「最新の聖剣伝説では、君は自ら命を差しだした美しい女性として千年歌われ続けるよ」

「私を殺せますか？　旅の苦楽を共にし、お互いに心を通じ合わせた、そんな私を……」

「いいから、動くと苦しむからじっとしてて」

鳴海《なるみ》は剣を振り上げる。

「あの、私、勇者様のことが好き――」

剣を振り下ろすと彼女の首が転がった。さすが最強の剣の切れ味だ。そしてこの瞬間から剣は聖剣へと昇格《プロモーション》を果たした。これですべてのキーがそろった。

鳴海《なるみ》は聖剣を鞘《さや》にしまうと、振り向くことなく魔王の玉座に通じる扉をくぐる。

扉が閉じ、空中庭園には彼女の死体だけが残された。

しばらくして黒い霧から光が差し込んだ。光に闇が浄化されていく。太陽の光が降り注ぎ、待ちわびていたかのように空中庭園の花が花弁を開いた。風に揺れる花々はまるで妖精たちが踊っているかのようだった。

空中庭園に転がる首の目が開き、笑った。

「……やっと会えました」

＊

聖剣は魔王の心臓を貫いた。

同時に崩れる世界。魔王の絶叫とともに空間が崩壊していく。そして鳴海《なるみ》の体からふっと力が抜けた。体から魂が離脱したかのような浮遊感。

――そして暗転。

……失われた体の感覚が戻ってくる。鈍い振動音はクーラーだ。窓越しにセミの鳴き声が微《かす》かに聞こえる。元の世界に帰還したのだと鳴海《なるみ》は察した。

すべての感覚が戻ってもしばらく待つ。心と体がしっかりと馴染《なじ》むのを待って、やっと鳴海《なるみ》は目を開けた。

ゴーグルを外すと、そこは薄暗い部屋だった。カーテンが閉じられ淀《よど》んだ空間には旧型のパソコンなどが無造作に置かれている。

「おかえり」

パソコンデスクに座る男が、こちらを見ずに言った。

「異世界から帰還して思ったけど、この部屋は汚いな。闇に包まれたカオスのままだ」

鳴海《なるみ》はゴーグルを放り投げる。向こうの世界は魔王に支配されていたが、世界は美しかった。魔王の作りだした闇すらも神秘的だった。

ここは『スポーツ研究会』という同好会の部室だ。

「混沌《こんとん》の中に機能美があるんだよ」

フィルターグラスをしながら画面を見ているのが、サークルの部長の須野原大地《すのはらだいち》という男だ。パソコンの横には女の子のフィギュアが置いてある。埃《ほこり》アレルギーなのでこまめに掃除をし、乱雑に転がる物の位置を変えると怒る神経質な面がある。そんな彼が部長で鳴海《なるみ》が部員という廃《すた》れた同好会だ。前はもっと部員がいたのだが、ちょっとしたトラブルがありメンバーは二人まで削られた。

「で、どうだった？」

「聞くまでもないだろ。生徒相手の暇つぶしゲームなんだから」

「『サークルＫ』が主催するゲームの成功率は87％と難易度が低い。それでいて設定は細かくて気になっていたんだけどな」

『サークルＫ』とはこの学校の同好会で、ゲームを制作するのが主な活動だ。ゲームはリアル空間での脱出ゲームから、VRを使った仮想空間《バーチャル》のゲームまで。鳴海《なるみ》が行ったのはバーチャルであり、ゴーグルやコントローラーを介してVRゲームをやっていた。

「お、もう結果が出てるな」

クリアしたプレイヤーのハンドルネームが公開されている。鳴海《なるみ》はそれに視線を向けず、飲みかけの缶コーヒーに口をつけた。ゲーム前にタブを開けたコーヒーは生ぬるくなっていた。

「魔王を倒した勇者は元の世界に戻らなかった。旅の苦難を共にした彼女が忘れられなかったからだ。戻ってきた勇者を前に彼女は美しい涙を流した。二人は手を取り合い歩きだす。二人がいれば世界はどこだっていい……か」

須野原《すのはら》がゲームのエンディングを読み上げている。

「今回はファンタジー系脱出ゲーム。クリア率は98％か。クリア者は景品を部室まで取りにきてくださいだと。……ん、鳴海《なるみ》の名前がないな」

「なんだと？」

鳴海《なるみ》はパソコンデスクに歩み寄った。見たが、確かに鳴海《なるみ》のハンドルネームはない。

「鳴海《なるみ》のことだから深く考えすぎたんじゃないか？」

最後にガイドの女性を斬ったのが間違いだったのか。

「まあいいさ。どうせゲームクリアの賞品はお菓子とかだろ」

鳴海《なるみ》は両手を広げてデスクから離れる。コーヒーを飲みながらカーテンを開けると、まぶしい夏の日差しが鳴海《なるみ》に直撃した。階下の校庭では生徒たちが部活動に汗を流している。その風景を見るたびに複雑な気分になる。自分も他の生徒と同じような学校生活を送れば、何か変わるだろうか。刺激のないこの生活から脱出できるのか。

高校一年生のころの鳴海《なるみ》は勝ち続けていた。そしてスクールカーストの上位へ。しかしそんな生活は、たった一回の敗北で簡単に終わった。その代償として高校生活の残り一年半を、この穴倉のような場所で息を潜めてやり過ごせというのか。現実も仮想も退屈だ……。

「……ん？　クリア率98％って、もしかして失敗したのは俺だけか？」

鳴海《なるみ》はふと気づいた。あのゲームの勇者、つまりプレイヤーはきっかり五十人だった。五十人でバラバラに行動するのではなく、集団でまとまって攻略した。聖印も五十人の手の甲に押し、聖冠も五十個手に入れた。そんな彼らと違う行動を取ったのは鳴海《なるみ》だけだ。

「バッドエンディングも公開されているな」

須野原《すのはら》が操作するパソコン画面に、あの彼女が表示された。勇者を導いた魔族の彼女の——生首だ。

「うわあ、こういうのやだなあ」

ホラーに弱い須野原《すのはら》が顔を背《そむ》ける。

彼女の唇がわずかに動いていた。画面に耳を近づけると彼女の怨嗟《えんさ》の囁《ささや》きが聞こえた。

『……魔王を倒すためとはいえ許さない。たとえ異世界に逃げようとも、逃がさない。あなたはまだ脱出を果たしていない。私はあなたを追いかける』

どろりとどす黒い血が口から流れ出た。

『あなたの後ろ』

振り返ったとほぼ同時だ。部室の扉が開き、姿を現したのは血まみれの女性だった。

「うわあああああ」

悲鳴を上げて椅子から転がり落ちたのは須野原《すのはら》だ。鳴海《なるみ》も突然の出来事に、持っていたコーヒーを落として硬直する。

「あはははは。なーんてね」

金髪の彼女がケラケラと笑っている。

「……誰だ、お前？」

「初めまして、先輩」

彼女がにこりと笑う。金髪はかつらだろうが、あのゲームのキャラクターに似ている。

「……サークルKのやつだろ」

須野原《すのはら》は未《いま》だに腰を抜かしている。彼が口にしたのは、先ほどプレイしたゲームの主催サークル名だ。同好会にしては小規模だが、クオリティの高いゲームを作るとの評判だ。

「先輩にゲームクリアの賞品を届けにきたんです」

鳴海《なるみ》は彼女をじっと見つめる。こちらを先輩と呼ぶのだから一年なのだろうが、こんな女子がいただろうか。

「フリー参加のはずだろ。どうして俺が参加しているのがわかった？」

「アクセスポイントがわかるようになっています。先輩たちは有名人ですから、いつか参加してくれると期待していたんです。あ、中に入っていいですか？」

「悪いが女子を入れないことにしてるんだ。女子が同好会をかき回した経験があるからさ」

須野原《すのはら》は「そんなことあったっけ？」と、首を傾げている。

「じゃあ、こうします」

彼女は金髪のかつらを取り、血まみれのワンピースを脱ぎ捨てた。下は男子の制服だ。

「片桐渚《かたぎりなぎさ》です。ナギって呼んでください」

その名前は知っている。サークルKの部長の一年男子だ。対面するのは初めてだったが、こんな華奢《きゃしゃ》な男子が部長だとは思わなかった。

「豪華な賞品を持ってきたんですよ」

渚《なぎさ》は部室にとことこ入ってくると、窓を開けて窓枠に座った。ショートの髪が風にさらさらと揺れる。目鼻立ちがはっきりとして小柄だが手足が長く、顔が小さいのでスタイルがとてもよく見える。中性的な美少年だ。

「ていうかさ、俺ってバッドエンドだったんだろ？」

「いや、鳴海《なるみ》のが正解だったんじゃないか？　つまり、通常のエンディングの他にトゥルーエンドを用意している」

さっきまで腰を抜かしていた須野原《すのはら》が、眼鏡に指を添えて格好をつけている。

「正解です。ゲームに参加していないのによくわかりましたね」

「サークルKの制作したゲームはクオリティが高い割には、難易度が低いのがずっと気になっていた。もしかしたら隠しルートがあるのでは、という予測があった」

「じゃあ、参加してくれればよかったのに」

「俺はVRはやらない」

須野原《すのはら》はVR酔いをするし、何より繊細すぎる。夏場はクーラーの部屋から出ようとしないし、虫やお化けを極度に嫌悪《けんお》する。ウサギのように繊細な男なのだ。

「それより、トゥルーエンドの賞品は？　こぼしたコーヒー弁償してくれるのか？」

お菓子とはいえ意外に豪華な賞品を配るとの噂《うわさ》だ。

「豪華賞品はですねえ……」渚《なぎさ》は鳴海《なるみ》を見つめてにこりと笑う。「この僕です」

鳴海《なるみ》は汚れた床を拭いて空き缶をゴミ箱に捨てた。須野原《すのはら》は無言でキーボードを叩《たた》いている。

「ちょっとお、無視はやめてくださいよ」

パソコンでデータ整理をしている須野原《すのはら》が「恋人ができてよかったな」と言った。

「意外にいけるかもしれないし、試してみるか」

鳴海《なるみ》は窓に歩み寄り、座る渚《なぎさ》を抱きしめた。

「……そういう嫌味はやめましょう。そんなにお菓子が欲しかったんです？」

ふくれっ面《つら》をした渚《なぎさ》が両手で鳴海《なるみ》を押す。

「ん？　いや、待て待て」

鳴海《なるみ》はもう一度渚《なぎさ》を抱きしめてみた。なんだか華奢《きゃしゃ》で異様に抱き心地がよかった。そしてとてもいい匂いがする……。

「だから、あとでお菓子は買ってあげますから、生産的な話をしましょう」

「いや、なんか変な雰囲気になったから自分のサークルに戻れよ」

久しぶりにVRゲームをやったので感覚がおかしくなっているのかもしれないと、鳴海《なるみ》は渚《なぎさ》から離れた。リアルな体感システムは、現実での感覚のずれが生じる副作用があると聞く。

「あ、サークルKはたった今廃部になりました。トゥルーエンドが出たら廃部にする予定だったんです。他のメンバーもお金で雇っていたようなものなので問題はありません。……つまり入部します」

渚《なぎさ》は手をぱちぱちと叩《たた》いている。

「あ、じゃあこの入部用紙にサインしろよ。これに入会金と月会費のことが書いてあるから」

「もう、機嫌直してくださいよお。入会金なんてないくせに」

やり取りする二人に、須野原《すのはら》がちらりと視線を向けた。

「この廃部寸前の同好会に入部する理由はなんだい？　楽しい活動を期待したいならここは違

う。先がないどころか、ここにいるだけで危険だ」

「安心してください。それくらいは調べています」

　渚《なぎさ》がぴょんと窓から降りた。

「スポーツ研究会という名目ですが、活動内容は多岐にわたります。たとえば独自の指標《メトリクス》を作って野球部の戦略を構築したり、サッカー部の戦術を考えたのもここです。その後、学内のゲームなどにも参加しました。リアル脱出ゲームとかＶＲゲームなどです。ＶＲゲームなどは授業の延長でもあり盛んですからね」

　確かに多くのゲームに参加した。そして戦略を練るのは須野原《すのはら》で、実際に参加をするのは鳴《なる》海《み》だった。そして勝ち続け、賞金稼ぎだとかゲーム荒らしだとか、栄誉ある称号を得たこともあった。

「僕はゲームの天才を探していました」

　鳴海《なるみ》と須野原《すのはら》は顔を見合わせた。

「いや、褒《ほ》めてくれるのはうれしいよ。でもなあ、あんなゲームをクリアしたからってなあ」

　渚《なぎさ》は少しだけむっとした顔をする。

「あんなゲームではありません。細かく作ってますよ」

「たとえばさっき参加した『魔王スレイヤー』だけど、難易度は低いように思える。振り返ってみればガイドのあの子の演技は過剰だったし、目立ちすぎるんだよな」

「そこがキモなんです。あの妖精はプレイヤーの補佐として登場しましたが、その後、一緒に苦難を共にしています。感情移入させる工夫が施されています」

「確かに休憩中とか、無防備に下着を見せたりしてたんだよな。ワンピースもよれよれで胸元が見えたりして……」

「ちなみにあの妖精は僕が演じてたんですけどね」

「おい、あのもやっとした感情を返せよな」

「つまり無意識のうちに、ゲームのガイドから友人、そして恋人へと昇格していきました。ですから、普通の人間は魔王側の存在だと疑いもしないのです」

「出口の扉を調べろ」

パソコン画面を見ながら須野原《すのはら》が言った。

「俺はそのゲーム内容を見ていないけど、ジャンルは脱出ゲームだろ。脱出ゲームには最後に大きなトリックがあるからそんな格言が生まれたんだ。鳴海《なるみ》が最後の最後に君を疑ったのはゲームの基本《セオリー》だと思うよ」

須野原《すのはら》に突っ込まれても渚《なぎさ》は表情を変えない。

「プレイヤーを五十人としたのは、そんな理性的な思考を入れないためです。最後の魔王との戦い。勇者であるプレイヤーたちは周囲と共感し、興奮状態に陥っていました。心理学的にいうと群集心理が働いたのです」

よって鳴海《なるみ》以外のプレイヤーが偽物《にせもの》のゴールに殺到した。

「さらに驚いたのは、妖精をためらいもなく斬ったことです」

「斬らなきゃ聖剣にならないからな」

「普通の人間は斬れません。あのシーンはVRゲームの終盤です。あの世界はプレイヤーにとって現実《リアル》になっています。心を通じ合わせた女の子を殺すことなど……」

渚《なぎさ》は突っ立つ鳴海《なるみ》の胸に手を添えた。

「つまり先輩は、理性的にふるまいつつ俯瞰《ふかん》してゲームをプレイするアウトサイダーなのです。それはゲーム攻略に不可欠な要素」

「俺を買ってくれたのは理解できたよ。でもさ、この部室の惨状を見なよ」

鳴海《なるみ》は荒れ果てた室内を見渡した。須野原《すのはら》のデータ収集のために集めたスポーツ用具やあらゆる書籍が山積みになっている。

「一緒にゲームをやりたいところだけど、そんな余裕はない。この部室に必要なのはゲーム仲間じゃなくて、掃除の得意なかわいい女の子なんだ」

活動資金も尽きている。戦略やデータも圧力がかかって売れなくなった。今では学校のイベントの補佐などの健全でいて金にならない活動しかしていない。

「大きなゲームがあります」

「学校の裏《エクストリーム》ゲームか？」

「それだって賭けるのは、お金だけというおしとやかなもの。まあ、先輩もいくつか参加して勝率はいいようですが、しょせんお遊びの範疇《はんちゅう》です」

渚《なぎさ》に煽《あお》られた鳴海《なるみ》はムッとした。

「そこで僕が先輩たちと参加したいのは、死をかけたゲーム、通称『サドンデス』」

こいつは何を言っているのだと振り向くと、須野原《すのはら》が眉根を寄せていた。

「その言葉だけなら聞いたことがある」

「まあ、VRゲームでも失敗するとアバターが死ぬもんな」

「いや、サドンデスは本当に死ぬと言われている。多くのリアル系ゲームが製作されてきたけど、一番のエンタメは人間の死だと」

「そうです。狂人たちによる、ハイリスクハイリターンの究極のゲームです」

指で渚《なぎさ》の額を突っついてみたが、彼はまったく表情を変えない。冗談を言っているわけではないようだ。

「たとえばさ、さっきのVRゲームだと四十九人は死ぬってことか？」

「難易度にもよるでしょう。でも、はっきりと言えることは、あの四十九人の愚か者は参加してはいけないということです」

「そんなのがあるとしたら、裏のさらに裏の世界のゲームだな」

「いいえ、サドンデスはすぐ身近にあるゲームです。プレイヤーには若い人間が求められます。

参加証を手に入れるだけでプレイヤーとなれます」

鳴海《なるみ》は思いだしたことがあった。あのロシアンルーレットの映像だ。あのときの彼女は本当に自らの命をかけていたのか。彼女のあの涙が焼きついたように消えない……。

「リスクは理解できる。では、リターンは？」

須野原《すのはら》は冷静に対話をしている。

「まずはお金です。それは鳴海《なるみ》先輩にとって一番重要なものですよね」

渚《なぎさ》がこちらを向く。確かに鳴海《なるみ》にとって最重要ファクターはいつでも金だった。このサークルに、いやこの学校に入ったのも金を稼ぐためだ。

「サドンデスのご褒美《ほうび》はまずお金です。莫大《ばくだい》な賞金が入ります」

鳴海《なるみ》は考える。その話が本当だったとしても、リスクと金を天秤《てんびん》にかける必要がある。

「いくら莫大な賞金《リターン》があったとしても、こっちが賭けられるチップは一枚きりだ」

須野原《すのはら》は金には興味を示さない人間だ。自分が管理する数字の一要素でしかない。それは鳴《なる》海《み》と須野原《すのはら》がうまくやってきた理由でもある。

「サドンデスに関わる人間は三種類。まずはプレイヤー。そしてゲーム制作者。最後に主催者です。主催者はゲーム制作者からゲームを買い取りサドンデスを開催します。そんな集団はいくつも存在し……身近にも」

主催者が必要な能力は集客だ。プレイヤーが若者だとすると、そんな人間が集まる場所を取り仕切る団体が望ましい。

「あいつらも、関わっているのか？」

須野原《すのはら》が何か感づいたようだ。

「おそらく。この学校の生徒たちもデスゲームに身を投じ、いつの間にか学校から消えていった人もいます。そんな人間をゲームに誘ったのは生徒会でしょう」

デスゲームが本当に存在するとして、生徒会のような学校のトップが主催者となるのは合理的だ。そしてエンタメが目的ならば、生徒会は優秀なプレイヤーを抱え込んでいるはずだ。いや、生徒会が主催者とプレイヤーを兼ねている可能性もある。

そこに参加し、鳴海《なるみ》たちがゲームを食い荒らしたとしたら……。

「生徒会を挑発する可能性がある、か」

須野原《すのはら》が眼鏡に指を添えている。

「いえ、すでに敵対していますよ」渚《なぎさ》はくすっと笑った。「実は先ほどの『魔王スレイヤー』にも、生徒会お抱えのプレイヤーが参加をしていました。まあ、気分転換でしょうがね。そしてゲームクリアをしていい気分になっていたところに、本当のゴールがあったと知り、さらにトゥルーエンドを手にしたプレイヤーがこの辺境のサークルにいると知ったら」

須野原《すのはら》へのリターンは生徒会との対決だ。スポーツ研究会の部長として活動していた須野原《すのはら》は、この学校において立場を確立していった。しかし生徒会の介入により、それは無造作に破壊された。

須野原《すのはら》がこの辺境で活動を続けているのは、復讐《ふくしゅう》の機会をうかがっているという理由もある。いつまでも恨みを根に持つ陰湿な男なのだ。

「さらに鳴海《なるみ》先輩には、もう一つのリターンが」渚《なぎさ》がこちらを向く。「あのロシアンルーレットのクラスメイトもサドンデスのプレイヤーです」

どきりとした。彼女のことも知っていたのか。

「先輩が僕のゲームに参加したのも彼女を探すためですね。でも、彼女はこんな健全なゲームの中ではなく、デスゲームに参加しています。映像を見ましたか？　あのようにランダムに死ぬようなゲームに身をさらしています。あのままではいつかは死ぬでしょう。それを救ってあげられるのは先輩だけ」

こいつは自分たちのことを調べ上げていたのではないか？　偶然鳴海《なるみ》がゲームに参加をしたからではない。彼はずっと鳴海《なるみ》が参加するのを網を張って待っていた。

「お前は何者だ？　いや、それよりもサドンデスが本当に存在する証拠は？」

そもそも本当にそんな世界があるのか。ゲームだけでのし上がれるような場所は、自分がずっと望んでいたものではないのか……。

「その回答はシンプルにしましょう。『言葉よりも数字にこそ真実がある』それは須野原《すのはら》先輩の言葉です。行動し出力された情報にこそ真実があるというのは同感です。ですから、まずはやるしかないのです」

「デスゲームに参加しろと？」

「はい、すでに列車は走りだしています。途中下車はできません」

渚《なぎさ》がちらりと扉を見る。扉の下に白い封筒が挟まっていた。拾い上げてみると、それには生徒会のマークがあった。

「タロットカードか？　いや、少し違う」

封筒の中にはカードが入っている。タロットでいえば『塔《タワー》』のカード。

だが、その塔は燃えていた。塔の屋上に立っている少女を巻き込み炎上している。

「なんて禍々《まがまが》しいカードだ……」

渚《なぎさ》がにこりと笑った。

「ゲームの始まりです」

2

炎上する塔《タワー》

さらさらとした砂を感じた。

真っ青な空に黄色い砂。遠景に巨大な三角の建造物がある。

そんな砂漠の真ん中に白いテーブルセットを置いて、鳴海《なるみ》は座っていた。

「砂漠や密林や氷の大地《だいち》、月でさえも行くことができるのに、旅行する必要はありますかね」

渚《なぎさ》がクリームソーダを飲みながら空を見上げている。

「でも、いくら仮想の旅をしたところでマイルは貯《た》まらないけどな」

ここは渚《なぎさ》が用意した仮想世界の一室だ。VR装置を使って、この場所にアクセスすることができる。では鳴海《なるみ》の体はどこにあるのかというと狭いカプセルの中だ。こうしている間も、鳴《なる》海《み》を入れた箱はどこかに運ばれている。

目的地は、デスゲームが開催されるフィールドだ。

鳴海《なるみ》はゲーム参加を決意した。そのゲームの開催場所は、学校でも仮想世界でもなかった。カプセルに入れられた体がどこに運ばれているかはわからない。それでも心は快適な仮想世界で過ごすせるので、閉塞感も疲労もまったく感じない。一般的に普及されれば、心は快適に体は荷物のようにコンパクトに運ばれることになるだろう。

しかし、こんな強引な移動方法を提示し実行できる集団とはいったい……。美しい仮想の景色を目にしても、不安は消えることがない。

「実際に砂漠に行ったら、不衛生な砂まみれになって辟易《へきえき》するんでしょうね。でも、この世界なら王族の墓の最深部まで探索すること、スフィンクスの頭の上で昼寝することも可能です。砂の一粒一粒の感触も、風で擦れる砂の音すらも感じられます」

「装置が発達して、人間に出せない音すらも作りだせるようになった。でも、それって音楽なのか？　人間の感覚の限界を超えたそれは芸術でもなんでもない」

「先輩はアナログ派でいて、ロマンチストですね」

渚《なぎさ》がくすっと笑った。彼も鳴海《なるみ》とともにゲームに参加する。

『ちょうど午前三時だ』

テーブルに置かれたラジオから須野原《すのはら》の声が聞こえた。

「朝に到着してゲームが始まるのか」

須野原《すのはら》はゲームに参加しない。VRも苦手だし、パソコンのマウスより重いものを持たないインドア派なので、こうしてバックアップにまわっている。

『あれから調べ続けたが、サドンデスの情報はほとんど手に入らない。でも、この学校の生徒も参加している形跡がある。そして不自然に学校を辞めた生徒も』

「辞めた人間が死んでなきゃいいけどな」

『その可能性はある』

「馬鹿だな、そんな事件があったら日本中で噂《うわさ》になってるよ」

『ＳＮＳとかでその関連ワードが弾《はじ》かれるようになってる。もしかしたら、ゲームの元締めは思った以上にでかいかも』

「たとえば『条件つき確率』で危険ワードを弾《はじ》くようなやつか？」

「今は確率など使わずにAIですよ。ネットはもうAIに支配されていますから」

渚《なぎさ》が鳴海《なるみ》の横に椅子を運び、座った。

「先輩はまだ信じてないんですね。常に最悪を考えないと、本番で体が動かなくなりますよ」

「俺にとってはゲームは作業だよ。トイレの扉を開けて用を足してから水を流すような一連の作業にすぎない」

普通の生活だって命をかけたゲームだ。限られた時間のチップを使って何をするか。地道に金を稼ぐ行為は、時間を浪費するリスクがあると人々は気づいているだろうか。

「お前はどうなんだ？　リスクのあるゲームに参加する理由は？」

学校でゲームを作り続け、有能なプレイヤーの出現を待ってまで参加したかった理由は何か。片桐渚《かたぎりなぎさ》という人間を、鳴海《なるみ》はまだ知らなかった。

「聞きたいですか？　先輩と一緒にゲームをしたかっただけです」

渚《なぎさ》がきらきらとした瞳を向けた。なんだかこいつを見ていると妙な気分になってしまう。

「……本当ですよ。一回一緒にやってみたかった」

渚《なぎさ》は鳴海《なるみ》を計っているのだと気づいた。『魔王スレイヤー』のようなお遊びではなく、死をかけたゲームで、信頼するに値する人間であるかを見極めるつもりだ。そして、彼の目的はその先にある。

「先輩は自分を制御《コントロール》できる人間です。学校のほとんどの人間は、仮想世界の快楽に溺れ、現実では強いものに巻かれ決断をしない。ベルトコンベアーのように流されるだけの時間を送っている人間ばかり。……でも、先輩は違う」

「その代わり、薄汚い旧校舎の辺境で活動してるけどな」

「あの荒れ果てて女っ気もなく薄汚いごみ屋敷《やしき》のような部室は、トロフィーだと思いますよ」

『そこまで言うんじゃないよよ、よ、よ、ヨ、ヨ……』

ラジオの須野原《すのはら》の声にノイズが混じった。

「他に誰か来るのか？」

「いいえ、僕の他には先輩にしかこの空間への出入りを認証していません」

渚《なぎさ》が慌てて立ち上がる。同時に空間が切り取られたかのように黒い線が出現した。切り取られた空間はそのまま扉となった。

鳴海《なるみ》は目を細める。扉が開くと同時に光が散った。

「こんにちは」

三つ編みのシルエットが見えた。彼女が砂漠を歩くと、踏まれた砂が金色に輝きだす。空間のデータがバグを起こしている。

制服姿の彼女は平然と歩くと、空いた椅子に腰を下ろした。

彼女のことは知っている。現実の学校生活では言葉も交わしたこともない遠い存在であり、同級生でいて生徒会長の秋宮美穂《あきみやみほ》だ。

彼女は一年生で生徒会長になったが、生徒会長選挙で票を集めた理由は美しさだ。この学校では選挙における弁論は、バーチャルと現実で二回行われる。先にバーチャルがあるというのが罠《わな》であり、ほとんどの候補者がアバターをいじりすぎる。仮想世界の自分を綺麗《きれい》に見せるために修正をするのだ。しかし、その後に現実での弁論があるため、仮想と現実のギャップが生じてしまう。だが、秋宮美穂《あきみやみほ》は仮想でも現実でも光り輝く美しさを持つ者だった。

「何重にもロックをかけた閉鎖空間のはずなのに……」

「ロックがあればキーもある。それがこの世界の摂理よ」

秋宮美穂《あきみやみほ》が渚《なぎさ》に笑みを向けた。鳴海《なるみ》は座ったまま秋宮《あきみや》と対峙《たいじ》する。仮想世界とはいえ、こうして面と向かって話すのはこれが初めてだ。

「綺麗《きれい》な景色ね。あの荒れ果てたごみ屋敷《やしき》のような部室とは大違い」

クリアで美しい声だった。鳴海《なるみ》のような一般の生徒が直接耳にすることができない振動だ。

『そのごみ屋敷《やしき》に追放したのは君だろ』

須野原《すのはら》の声が乱れている。ノイズではなく発した本人の乱れだった。

「あなたを排除したのは異物だったから。この学校は美しい数式で稼働《かどう》していたの。新しい指標《メトリクス》を持ち込まれたら混乱してしまう」

スポーツ研究会が落ちぶれたのは生徒会の介入によってなのだ。生徒会に持ちかけられたゲームに敗北し、鳴海《なるみ》と須野原《すのはら》は一瞬にして失墜した。

『この学校の部活のやり方は古い。後輩へのしごきもあるし、水を飲むなという非科学的な根性論もはびこっている。スポーツが学問の教材となっているこの時代に逆行している』

「いくら科学的に数値を算出しようと、やるのは人間なのよ。そして生徒たちは不幸でないと安心しないの」

「スポ研にとどめを刺そうとしているのか？」

今回のゲーム、生徒会の罠《わな》である可能性もあった。

「私たち生徒会はあくまで主催をするだけで内容には関与していないわ。あなたが参加する意思を見せた、というだけ」

「このゲームはフェアなのか？」

「その質問に意味があるの？」秋宮《あきみや》は呆《あき》れたように笑う。「一応答えるとしたら平等ではないけど公平ではある。私たちは主催者の一部でしかなく、このゲームを管理しているのはさらなる大きな存在。それはゲームをやってみればいやでもわかるはず。あなたはそれを知るために参加したのでしょ」

秋宮《あきみや》はテーブルに置かれたタロットカードを手に取った。

「あなたは参加すると思った。疑問があればカードをめくる。そんな攻撃的な人間だもの。冷静で理性的であり金に汚いアウトサイダー。そんなあなたが初めて気になった女の子も、このゲームに参加しているわよ」

鳴海《なるみ》はその言葉に反応してしまった。

「今回のゲームの参加条件はビギナーであること。だから経験者の彼女はゲームのガジェットの一つとして参加する。囚《とら》われたお姫様役なの。誰も助けられなかったら彼女は死ぬ」

「……彼女はお前が引き込んだのか？」

「いいえ、あれは彼女の意思だわ。私たちはあくまで主催で関連がないと言ったでしょ。でも、少しばかり困ってる。だって、あの子はハイリスクのゲームに身を焦がしている。私たちが望むのはプレイヤーの死ではなく、理性的なふるまいなの。それがあってこそ、プレイヤーの死が美しいのだから」

どういうことだ？　あの彼女は自ら危険なゲームに身を投じているというのか。思考する鳴《なる》海《み》を見て、秋宮《あきみや》が口角を上げた。

「でもね、私はあなたの死を望んでいる。自分の能力が通じずにゲームに突っ伏すあなたが見たい。そのクールな仮面をはぎとり、恐怖に震える惨《みじ》めなあなたの真実を目にしたいの」

「俺のインスタを教えてやろうか？」

「私はあなたがやったゲームを見ていたわ。この前の『魔王スレイヤー』もね。それまで苦楽を共にした女性を、なんのためらいもなく殺したシーンに、私は感じた。そんなあなたが炎上

するシーンが見たい」

秋宮《あきみや》が立ち上がり、ラジオにそっと手を添えた。

「そして、あなたが死ねば、彼は最後に残った羽を失う」

扉に歩く秋宮《あきみや》の前に、渚《なぎさ》が立ちはだかった。

「そうはさせない。先輩が死ぬことはない」

「そういえば『魔王スレイヤー』で失態を犯したプレイヤーも参加させたわ。準メンバーにすぎないけど、生徒会に泥を塗ったのは確かだから。でも、あのゲーム、よくできていた。生徒会に入ってほしいくらい」

秋宮《あきみや》は渚《なぎさ》の頰にキスをすると、扉を潜《くぐ》り抜《ぬ》け、消えた。

*

『ゲーム開始まで、あと三十分です』

鳴海《なるみ》と渚《なぎさ》は星々に囲まれた宇宙空間に立っていた。秋宮《あきみや》の侵入を許したプライベート空間は、汚染されたも同じだと渚《なぎさ》はあっさりと捨てた。

頭上を飛んでいるのは、蝶《ちょう》のような羽をはやした妖精だ。渚《なぎさ》が説明するに、『サドンデス』のガイドには妖精をイメージしたキャラクターが用意されているらしい。

「あと三十分。仮想と現実のずれを修正するためにも、そろそろ戻ったほうが……先輩、聞いています？」

「いいよなお前は。女にもてる雰囲気で」

「もしかして、さっき僕が生徒会長にキスされたからふてくされてたんですか？」

「なあ、俺もキスしていいか？　秋宮美穂《あきみやみほ》と間接キスになるしさ」

「馬鹿なこと言わないでくださいよ、もう」

会話していると、頭上を旋回していた妖精が渚《なぎさ》の肩に座った。

『今回のゲームの致死率は一パーセント以下です』

致死率？　ちらりと渚《なぎさ》を見ると安堵《あんど》している雰囲気があった。

「百人参加をして犠牲者は一人以下という難度です。うまくやれば死者が出ない可能性もありますが、賞金《リターン》は難易度《リスク》に比例すると言われています。僕も未経験者なのでその情報が確かなのかわかりませんが」

鳴海《なるみ》は気を緩めなかった。一パーセントというのは数字のマジックだ。たとえばゲームが百回行われ、そのうちの一回が全員死ぬという可能性もある。特にゲームには偏りがある。プレイヤーのほんの些細《ささい》な行動が引き金になって、最悪へ傾くケースは多い。

『参加人数は百人以下の非公開。場所は非公開。時間も非公開です。ジャンルは脱出ゲーム。勝利条件は塔の上のお姫様を救出してからの脱出。救出におけるボーナスはなく、全員が脱出となります』

塔の上の姫は本当に彼女なのか。いやそんな要素は些細《ささい》なことだ。学校のお遊びのゲームにすぎないが、脱出ゲームで扉を開けられなかったことはない。

『鳴海《なるみ》恭平《きょうへい》、片桐渚《かたぎりなぎさ》、プレイヤーランクは共にE』

初心者《ビギナー》はEランクからスタートということか。

『禁止行為はありません。ただし、殺人などの行為があった場合、すべての賞金は没収され、勝利ポイントも与えられません』

ポイントとはゲームの得点のことらしい。得点を集めるとランクが上がる、と。

『それではガイドを終えます。よい旅を』

妖精が飛び立ち、宇宙空間から消えた。

「ログアウトして用意するか」

仮想空間からログアウトすると、どうしても倦怠感《けんたいかん》がしばらく抜けない。現実の空気に体を慣らす猶予が必要となる。

「先輩」

扉に向かいかけた鳴海《なるみ》に、渚《なぎさ》が声をかけてきた。

「ゲームに付き合ってくれてありがとうございます」

「いいさ。俺はどんなゲームからも逃げたことはない。たとえどんなリスクがあっても」

学生たちが作るおしとやかなゲームに限界を感じていたことは確かだった。どんなにリスクがあろうとも、失うのは金や名誉だけだった。本当に死のリスクがあるとしたら……。やってみる必要があった。誰がなんのためにゲームを作ったのか。また、死のゲームが真実だったとしたら、その中で自分はどのような行動をとるのか。恐怖に屈せずに理性的に振る舞えるのか。

……自分はこの社会の敗北者だった。だからこそ、何も持たずに逃げるようにこの学校に来た。たとえどんなゲームであっても二度目の敗北は許されない。そしてどんなゲームだろうとも逃げはしない。猛獣の潜む密林だろうが、凍《い》てついた氷の大地《だいち》だろうが、血に汚《けが》れた闘技場であろうとも。

「行こう。たとえ月であろうとも、脱出の扉は俺が示す」

——ログアウト。

降下する感覚。ずしりと重力を感じる。仮想世界から戻るたびに、人間はなんて重く鈍い体を持っているかと思う。ＡＩのように知能だけの存在になれば、もっと進化できるのでは？

……息苦しい。ごそごそと体を動かし、ゆっくりと目を開ける。棺桶《かんおけ》のようなカプセルの中で、リクライニングシートに横たわっている状況だ。カプセルにはＶＲ機能がついており、仮想世界に接続できる。それがなければ発狂してしまうだろう狭く暗い空間だ。閉所と暗所恐怖症の須野原《すのはら》は、ＶＲ機能があっても、この移動方法を拒絶するだろう。

密室の中で息を吐く。すでにゲームフィールドに到着しているようだ。

妙なノイズが聞こえた。それは規則的でありつつも乱れている。雨音だろうか。東京を襲うゲリラ豪雨の音に近い。またはトランシーバーアプリが拾う雑音か。

『それではゲームスタートです。扉を開けてください』

ガイドの声が聞こえた。

鼓動が乱れた。ずっと平常心を保ってきたのに息苦しくなる。デスゲームという存在は本当なのか。心の奥では現実にあるはずがないと思っている。そして、あってほしくないという怯《おび》え。だがその恐怖は両手で押しつぶさねばならない。他人に無様な感情の欠片《かけら》すら見せてはいけない……。

鳴海《なるみ》は扉の認証に手を添える。同じだ。たとえ死のリスクがあろうとも、現実でも敗者は冷酷に社会から切り捨てられる。死は敗北のたった一要素にすぎない。

そうだ戦え、そして扉よ開け——。

ガタンと扉が開き視界がフラッシュする。鳴海《なるみ》はその白い空間へ出た。

痛みを感じて目を閉じる。全身が焼けるように熱い。ここが死のフィールドなのか。

「……ああ」

目を開けた鳴海《なるみ》は呻《うめ》く。脳が景色を認識できていないのか全身が麻痺《まひ》している。

海だった。

足元には真っ白な砂。コバルトブルーの海が広がり、浜辺に寄せる波が潮の香りを運んで来る。波音を聞きながら空を見上げる。海よりも少し薄い青と白い雲。

仮想空間か？　いや違う。どんなに細かい仮想ポリゴンでも、この海や砂浜は再現できない。

ここは現実の海だ……。

「わあ……」

振り返ると、ボックスから出てきたばかりの渚《なぎさ》が茫然《ぼうぜん》と立っていた。

鳴海《なるみ》たちを運んだボックスは、白い砂浜の上に無造作に置かれている。ボックスはその二つだけで他には誰もいない。

「仮想世界？」

だぼだぼシャツと半ズボンといった少年のような格好の渚《なぎさ》が、足元の砂を手ですくっている。

冷たい波と濡《ぬ》れた砂の感触、潮風と肌を焦がす日差し。莫大《ばくだい》な情報が一斉に飛び込んで処理できない。ここはまぎれもなく現実だ。

「あ、冷て」

波間にいる渚《なぎさ》が水をかけてきたので、鳴海《なるみ》もやり返す。逃げようとした渚《なぎさ》が、足を滑らせてずてっと転んだ。

「もお、濡《ぬ》れた！　あっ、しょっぱい、ていうか辛《から》い！」

さらに両手で水をすくってかけると、さすがに怒った渚《なぎさ》がこぶしを振り上げて立ち上がる。

砂浜に逃げた鳴海《なるみ》だったが、砂に足を取られ、追いかけてきた渚《なぎさ》ともども砂浜に転がった。

「ふっ、はは、あはははは」

真っ白な砂浜に横たわりながら渚《なぎさ》が笑った。

濡《ぬ》れた体がべたべたする。汗もかいてしまい、砂が体中に引っつき服の中にまで侵入している。それでも心地よく、とても気分がいい。

砂浜に寝転がりながら思う。ここはどこだろうか。日本にこんな綺麗《きれい》な島があるのか。そもそも島なのか、日本なのか……。

「ひゃっ！」

渚《なぎさ》が妙な悲鳴を上げて体を起こす。

「なんだよ、女みたいな声を出して」

「波が服の中に入っちゃったから」

大きな波が渚《なぎさ》のズボンを濡《ぬ》らしていた。

「いつまでもこうしてるわけにはいかないな」

すでにゲームは始まっている。我に返った鳴海《なるみ》は濡《ぬ》れたシャツを脱いで絞った。この暑さならすぐに乾きそうだ。

「渚《なぎさ》も脱げよ」

「いや、このままで大丈夫です」

のんきに海で遊んでいる場合ではなかった。こんな砂浜で死のゲームが開催されることには懐疑的だが、強引に連れてこられたのは事実だ。これは生徒会だけの力では不可能だ。背後にもっと巨大な何かがある。そして、それを知るためには勝つしかない。

まずは周辺を調べた。海岸線はなだらかにカーブしており、島か半島と思わせる。内陸部は緑が生い茂っており見通しが悪い。他には白い砂浜と海。青い海に島影や船などはない。慎重に調べようとしても、美しい景色にため息が漏れてしまう。

「先輩、スチールケースが落ちてます」

渚《なぎさ》が砂に埋もれた銀色のケースを指さした。鳴海《なるみ》たちが運ばれてきたカプセルのすぐそばに一つずつ置いてある。

「配布物だな」

ゲームの始まりにはアイテムが配られるのが定石だ。その初期配布物で、ゲームの規模や期間のおおよその予想がつく。

渚《なぎさ》がケースを拾いに行く横で、鳴海《なるみ》は足元に何かが光っていることに気づいた。拾い上げてみると、それは小さな瓶だった。中には五百円玉と折りたたまれた紙が入っていた。

『島から脱出するには、まず囚《とら》われの姫君を探しましょう。脱出後には持ち出したアイテムを賞金として換金いたします。ただしこの島には凶暴な獣がいるので気をつけてください。獣が出たらサイレンを鳴らして警告します。獣から逃れるには、走るか、防御力を上げるか』

＊

空に朱色が混じり始めた。

「先輩、どうします？」

二人はスタート地点の海岸にとどまっていた。鳴海《なるみ》を消極的にさせたのはいくつかの理由がある。まずは配られたアイテムだ。

デジタルの腕時計のようなもの。普通のタオル。多くの金具がついたベルト。そしてナイフ。

「ここをベースにして、手分けして周辺を調べよう」

鳴海《なるみ》は配られたナイフを見て、妖精の説明を思いだした。

――ただし、殺人などの行為があった場合、すべての賞金は没収され、勝利ポイントも与えられません。

ペナルティはそれだけだ。それ以上の罰は示唆されていない。

殺人は明確な犯罪行為だ。それが見逃されるというのなら危険だ。たとえば鳴海《なるみ》と渚《なぎさ》のようにチームを組み、どちらかがプレイヤーを攻撃し、帰還してから賞金を山分けする、という戦略も生まれる。凶暴な獣とはプレイヤーそのものなのではないか？

これが島を利用したバトルロイヤルだとしたら……。いや、それは単純すぎる。だったら力の強い人間が勝利する。女子などは真っ先に敗北することだろう。

鳴海《なるみ》は腕時計らしき機器を見る。デジタルの数字が表示されているが時刻ではない。基本的に衣服以外の私物の持ち込みは禁止されているため、正確な時刻はわからない。

その数値は移動によって変化している気がする。現在の数値は5だ。少し内陸に歩くと、6、7と増えていく。

「渚《なぎさ》！　何かあったら声を出せよ」

「はーい」

海岸の渚《なぎさ》を確認してから、鳴海《なるみ》は別のアイテムを調べる。金具のついたベルトだがいくつもロックがあり、一度はめるとなかなか外れにくい。金具の意味はわかった。ナイフの柄には巻き取り式のワイヤーとカラビナがついている。カラビナを金具に装着できるようになっており、ワイヤーを伸ばして使え紛失の恐れもない。

と、鳴海《なるみ》は変化に気づいた。

数値が27と上がっている。移動以外に増減する要素があるというのか。

とりあえずこの数値の考察は保留する。とにかく今は深く思考するよりも、多くの情報が必要だ。他のプレイヤーとニアミスする前に、優位な立場に立っておかねばならない。

歩く鳴海《なるみ》はコインを拾った。五百円玉がそこらに落ちており、これが賞金なのかもしれない。すでに十枚ほど拾っているが、こんなにもらえるのなら多少の危険があるのもうなずける。

「……お」

鳴海《なるみ》は足を止めた。目の前にアダンの茂みがあり、その中にスチールケースがあった。

水のペットボトルが二本入っていることに気づいて安堵《あんど》する。この暑いさなか、ずっと水を飲んでいなかった。それは脱出と同じく解決するべき問題だった。

さらに黄色いパッケージのブロッククッキー。そしてこれは何だ？　紺色のこの布は……。

そんなことをしている間にも空が赤く染まっていく。今日はこれ以上の探索はあきらめるべきだろうと引き返す。

ベースの砂浜に戻り、海岸に落ちている流木などを集めていると渚《なぎさ》が戻ってくる。

「ほら」

ペットボトルを投げてやると「わあ、うれしい」と、渚《なぎさ》はためらいもなく飲んでいる。その様子を見て、毒は入っていないだろうと鳴海《なるみ》も口にした。ぬるい水が体に染《し》みる。水分を摂《と》って気分も少し落ち着いた。

「先輩、そろそろ日が暮れそうですけど」

「夜はここで過ごす。致死率一パーセントを信頼するなら、この選択で大丈夫だと思う。それに、いつもの脱出ゲームと違い、慎重に動きたい」

「意外です。先輩ってもっと攻撃的な人間かと思いました」

「ケースバイケースだよ」

脱出ゲームの定石は動くことだ。作業のようにアイテムを探して探して、それらを組み合わせる。だが、それはリスクのないゲームの攻略法だ。今回はアイテム探しよりも考察のほうに比重を置きたい。

鳴海《なるみ》は大きな流木の上に腰を下ろした。海を見ると夕日が沈んでオレンジ色に染まっている。

「わあ、綺麗《きれい》」

渚《なぎさ》が声を漏らす。こんな状況でも夕日に感動できるこの人間は、本当に味方だろうか。この

ゲームに参加する前に、須野原《すのはら》が片桐渚《かたぎりなぎさ》の情報を集めたが、不審な点が多く見つかった。

渚《なぎさ》の所属していた『サークルK』だが、緻密なゲームを制作していた割には、メンバー同士の関わりは薄い。ほとんどが雇われバイトのプログラマーだ。クラスメイトの評判は良く、中性的な整った顔と細かい気遣いが好評で女子にもてる。ただ、決まった恋人はいない。成績も優秀な半面、運動は苦手らしく体育の実技はほとんどさぼっている。

選択した授業は、基本的にオンラインなどが多く、須野原《すのはら》が言うには「他人との直接の関わりを避ける傾向がある」とのことだ。こんなに愛想《あいそ》がいいのに人間嫌いだというのか。それとも、鳴海《なるみ》にプレイヤーとしてやる気を出させるための作った態度なのか。

……まさか、片桐渚《かたぎりなぎさ》は特殊な性癖があるということはないか？

「ん、どうしました？」

夕日を見ていた渚《なぎさ》が振り向いたので、鳴海《なるみ》は慌てて目を逸《そ》らした。

「明るいうちに情報を整理しよう。いろいろ仮説がある」

渚《なぎさ》の性癖は後にして、今はゲームに集中しなければ。

「まず、これを見てどう思う？」

鳴海《なるみ》は配布されたナイフを見せた。渚《なぎさ》にはまだベルトを装着させていない。

「普通に考えればサバイバル用。ゲーム的には身を守るのかも。もう少しネガティブに考えるならばそれで殺し合えと」

冷静な意見だ。現実を見つめている。

「でも、殺し合いはないから安心しな」

「わかるんですか？　このゲームが初めてなのに」

「渚《なぎさ》もゲームを作っていたけど、多くのプレイヤーに参加してもらうために気をつけていたことはあるか？」

「そうですねえ」渚《なぎさ》は顎《あご》に指を添えて考え込む。「やっぱり女子向けですかね。女子を呼び込めると、男子がついてきますから」

「このゲームもエンタメだとしたら、プレイヤーに女子を呼び込む必要があるな。そんなゲームで殺し合いが始まったらフェアじゃなくなる。身体能力や攻撃性に差があるから。じゃあどうするか。ルールで工夫するしかない」

ルールを複雑にして、考察にウエイトを置くことになる。

「たとえばこのゲームでいえば防御力」

妙な数値があることを示唆されている。この島で使う数値であり、持ち出せば換金できると。

「移動で上下してたような」

渚《なぎさ》も気づいていたようだ。彼の数値は現在5となっていた。

「俺の数値は25だ」

鳴海《なるみ》は時計のような機器の画面を見せた。

「僕と先輩の差は、所持品ですね」

鳴海《なるみ》も渚《なぎさ》も配布されたナイフを持っているが、装備しているのは鳴海《なるみ》だけだ。装備とはベルトを装着し、さらにカラビナで武器を繋《つな》ぐ必要がある。

「つまり場所の評価が5で、ナイフの評価が20ということだろう。きっと他にも武器があるし、もっと評価の高い場所がある」

「でも、武器を集めるゲームだったら、それこそ女子が不利なような」

「同感だ。だからこそ、攻撃的な武器要素の他に何かあるんじゃないかって思った。そうしたら、こんなものを見つけた」

鳴海《なるみ》が取り出したのは先ほど見つけた紺色の布地の水着だ。鳴海《なるみ》はそれを広げてみせる。

「スク水、ですね。それもちょっと旧タイプの」

なんの変哲もないスクール水着だった。

「武器を集めるルートと、防具を集めるルートがあるんじゃないかって仮説を立てた。だからきっと……いや、まずやってみよう」

「やってみようってなんです？」

「ちょっと渚《なぎさ》がこれを着てみてくれ」

「そんなの着れるわけないでしょ！」

渚《なぎさ》が真っ赤な顔をして憤慨する。

「やってみる必要がある。予測では防御力の数値が変化する気がする」

「先輩が着てみればいいじゃないですか」

「さすがに小さすぎて入らない。それにこういったのを考慮して、渚《なぎさ》にはまだベルトもつけさせてないだろ。このベルト、一回装着すると外すのに時間がかかる」

「でも……」

「俺はただ数値が見たい。学校に戻ってもスクール水着を着たことは内密にする」

渚《なぎさ》は不服そうに頰を膨らましていたが、ため息をついて立ち上がる。

「一応着てみます。でも、見せないですからね」

「数字が変化したかだけ確認してくれればいい。でも、あまり遠くに行くなよ」

すでに空が紺色になっている。離れて行動するのは危険だ。

「あっちで着替えますから見ないでください」

暗くなってきたので見えないだろと、渚《なぎさ》は少し離れた砂浜に水着を持っていく。

そんな間に鳴海《なるみ》は火を焚《た》くことにした。ライターやマッチの持ち込みは禁止されていたが、サバイバルツールがあった。この金属質の棒をナイフの刃で擦ると火花が出る。削った鉄粉を火花で燃やし、焚《た》きつけに火を移すというやり方だ。

そんな作業をしつつちらりと振り向くと、服を脱ぎ去った渚《なぎさ》のシルエットが見えた。渚《なぎさ》はもぞもぞと水着を着て腕の機器を確認している。そのまま、やけっぱちになったかのように海に飛び込み泳ぎだした。

火をつけるのに悪戦苦闘していると、渚《なぎさ》の弾んだ声が聞こえた。

「評価が上がりましたよ！　50です」

やはり大きい。あれは女子用のアイテムなのではないか。このゲームがあくまでエンタメだとすると、フェアにするために女子のアイテムの数値を強化することはあり得る。

「渚《なぎさ》、そのままナイフを装備してくれ」

渚《なぎさ》は言われたとおりに、水着姿のままベルトを装着している。

「……評価が下がってしまいましたよ」

ということは、水着と武器は併用できず評価が相殺《そうさい》されてしまう。武器を集めるルートと水着になるルートに分かれているのだろう。

「オッケー、戻ってきてくれていい」

しばらくすると私服に着替えた渚《なぎさ》が戻ってくる。

「……そういえば、そこで僕もアイテムを拾いましたよ」

渚《なぎさ》が見せたのは女子用の制服だった。鳴海《なるみ》の学校のとはデザインが違う。

「これは全部セットで置いてありました」

渚《なぎさ》が下着を見せる。制服のセットに、トップとショーツの下着もついている。コスプレ要素があるということか？　この制服で鳴海《なるみ》の立てた仮説が揺らいでしまった。

「とりあえずそれも着てみてくれ。全部だ」

当然のように渚《なぎさ》が不服だと声をあげる。

「ゲーム攻略は俺に委ねると言っただろ。だったら頼む」

再び渚《なぎさ》は鳴海《なるみ》から離れると、暗がりの中でごそごそと着替え始める。しばらくして渚《なぎさ》が制服姿のまま戻ってきた。

「おかしいですね、評価が変わらないんですが」

「露出度と比例するのか？」

制服姿の渚《なぎさ》をじっと見つめていると「似合う？」と、くるりと回った。

不覚にも鳴海《なるみ》はどきりとしてしまった。渚《なぎさ》はスカートが異様に似合う。

「けっこうありかも」

「うっさい、バーカ」

顔を赤くした渚《なぎさ》が、暴言を吐いて砂浜を走っていく。

しばらく悪戦苦闘していると、やっと火がついた。最初に拾ったメモ用紙が燃えたが、なかなか木に火が移らない。

「あ、火を焚《た》いてるんです？」

私服に着替えた渚《なぎさ》が戻ってくる。装備品に灯《あか》りの類《たぐい》がないので、火をつけるしかなかった。余計な何かを呼び寄せる恐れもあるが、闇の恐怖に押しつぶされるよりはいい。

「じゃあ、これを燃やしちゃいましょう」

焚《た》きつけに苦労しているのを察し、渚《なぎさ》は先ほどまで着ていた制服を差し出す。ショーツやトップやらをナイフで引き裂いて燃やすと、やっと流木に火がついた。この制服は価値がゼロなのでこのまま燃やしてかまわないだろう。

二人は焚火《たきび》を見つめながら沈黙した。波の音だけが聞こえる。

「明日から探索を本格化しよう」

「でも、少し心配です」

渚《なぎさ》の声が沈んでいる。先ほどは無理してはしゃいでいたようだ。

「このゲームの参加者は俺たちのように初心者ばかりだから大丈夫だろう。そうでないと、ゲーム自体が崩壊するから」

「だからこそ、変な行動を取る人間がいるかもしれません」

「ルールには、暴力行為にはペナルティがあると」

「でも、もしも狂った人間が参加していたら……」

鳴海《なるみ》は渚《なぎさ》の隣に座りなおし、肩に手をやった。

「大丈夫だ。B級映画では、そういった人間が先に死ぬから」

「こうやっていちゃつく人も危ないですけど、ね」

渚《なぎさ》はくすっと笑うと、肩に回された手を払いのけた。

「普通の人間は他人を傷つけられないから大丈夫だ」

「性善説ですか？」

「いや、人間は臆病だからだ。攻撃するのは優位に立ちたいからではなく、攻撃されることを恐れるからだ。だから理性的に振る舞えば危険はない。この世界でデスゲームなんて成立しない。刃を向け合って殺し合えと言われても普通の人間は不可能だ」

「この世界には歴史上いくつも戦争がありましたよ」

「それは集団だからだ。一人一人は優しくても人間は集団になると怪物になる」

「ゲームのルールの中に、人間ではない明確な敵が示唆されています。もしもそれが……」

渚《なぎさ》が言葉を止めた。波音に交じって砂を踏みしめる音が聞こえた。

鳴海《なるみ》と渚《なぎさ》はナイフを握った。やはりこの火が危険な存在を呼び寄せてしまったのか。慎重に周囲に視線を向けるが、ちょうど月が雲に隠れて暗転する。

……獣。そんなワードが頭をよぎる。

闇にまぎれた何かがこちらの様子を窺《うかが》っている。横の渚《なぎさ》が震えている。こんな状況で何が重要なのか。手に持ったナイフか、それともゲームサイドが用意した数値なのか。逃げるか、状況を見守るか、それとも戦うか……。

鳴海《なるみ》は残っていた制服のブラウスを焚火《たきび》にかぶせる。周囲がふっと暗くなった。やるしかない。暗闇に身を潜め、声をかけてくることもなくこちらの様子を窺《うかが》っている。そんな理由は悪意しかない。

波音が乱れた。海に向き直ると、波間にシルエットが見えた。

同時に鳴海《なるみ》は動いていた。その人影に向かって突進し、タックルするようになぎ倒す。

「きゃっ！」

何者かが悲鳴を上げて海に倒れこんだ。思った以上に柔らかい感触に受け止められたが、それでも両手をロックして離さない。

雲間から月が出て鳴海《なるみ》は息をのむ。押し倒していたのは裸の女子だった。

＊

朝になった。

意識は現実と夢のはざまを漂いながら覚醒する。目を開けてみると海があった。自分はあのゲームの中にいる。

立ち上がると、距離を置いて座っている人影が見えた。スクール水着姿で膝《ひざ》を抱えているのはあの彼女だった。

「おはよう」

声をかけると、彼女は過敏に反応して距離を取る。昨日のあの行動をまだ根に持っている、というか警戒している。こちらも最初の出会いが裸だったので、なんだか意識してしまう。

「あの制服が私物とは思わなかったんです」

朝の海を散策していたらしい渚《なぎさ》が、彼女にペットボトルを渡す。

「女の子が参加しているのを考慮に入れておくべきでした」

山岸美玖《やまぎしみく》と名乗った彼女は、鳴海《なるみ》と同学年の高校二年生らしい。このゲームはやはり男女関係なく、高校生を中心にプレイヤーを募っているのだ。

「強引に参加させられたのかい？」

「…………」

美玖《みく》はそっぽを向いている。

「先輩も悪気があってのことではなく、あのときはちょうどこの島の危険について話し合っていたんですよ」

「でも、私は蹂躙《じゅうりん》されたと思ってる」

「あのさ、こういうときって、裸で泳いでる女から殺されるんだぞ」

「だから、そういうのやめて。……お金もいらない！」

鳴海《なるみ》が差し出した五百円玉を、憤慨した美玖《みく》が振り払った。

彼女は汗をかいたらしく服を脱いで泳いでいたらしい。すると、通りかかった渚《なぎさ》が制服を持っていってしまった。美玖《みく》は服を取り返そうとこちらの様子を窺《うかが》っていたということだ。

下着もスカートも燃やしてしまったので、今の美玖《みく》はスクール水着を着ている。そのほうが評価が上がるからちょうどいいと思ったが、彼女は鳴海《なるみ》の視線を警戒している。

「とにかく美玖《みく》さん、一緒に行動しましょう」

「彼も一緒？」

「まあ、そこはビジネスライクに割り切るということで」

渚《なぎさ》が美玖《みく》を説得している。

「なあ、ミクミク」

「そういう距離の詰めかた、やめて。美玖《みく》でいいから」

「じゃあ美玖《みく》。二日目でほかのプレイヤーたちがアクティブに動くはずだ。俺たちも動こうと思ってる。一緒に行動することを君に強制しない。自由でいい」

鳴海《なるみ》は渚《なぎさ》と周辺を探索する。

まずは海岸線沿いに歩く。振り向くと、水着姿の美玖《みく》がついてくる。彼女をどこまで信頼していいのか、今のところはわからない。

「けっこう落ちてますけど、重くなっちゃいますね」

渚《なぎさ》が拾った五百円玉をポケットに入れている。

「一枚十グラムぐらいあるのか？　五万円で一キログらいか？」

どこかに金を使える売店でもあるのだろうか。

「少し内陸に入ろう」

海岸線から内陸部への探索に移る。

機器の数値を確認すると、やはり変化している。さらに歩くと、いきなり数値が上昇した。

「どうしました？」

「ここだけ数値が高い」

背の低い草が生い茂る中で、小さな旗つきのポールが立っている。

「とりあえず、場所の概念があるようだな。安全なエリアと危険なエリアがある。そう考えると、ここは安全なエリアだ」

「ふーん、ぼんやり歩いてると思ったら、ちゃんと考えてたんだね」

横で美玖《みく》が小首を傾《かし》げている。

「先輩はゲームの天才ですから安心してください。すぐに脱出できますよ」

渚《なぎさ》がフォローすると、美玖《みく》はくすっと笑った。

出会いは最悪だったが、少しずつ信頼関係を培《つちか》っていけばいいだろう。

「先輩、スチールケースが落ちてます」

渚《なぎさ》がアダンの茂みの中からケースを見つけだした。

中に入っていたのは大きな鉈《なた》だ。ナイフと同じように柄にワイヤーがついている。ゲームのアイテムだ。三人に不穏な空気が流れる。ナイフ程度ならまだ言い訳がつくが、このように武器が大げさになっていくとしたら……。

「ん、なんか布が入ってるな。タオルか？」

ケース中にまだ何かが入っていた。雰囲気を変えようと明るい声を出してそれを広げる。と、それはセパレートタイプのきわどい水着だった。

「そうか、こっちもランクアップしていくということか。サイズは……」

水着を見せようとすると、美玖《みく》が慌てて体を隠す。

「きゃー、サイズが合ってるかとか、想像で私にそれを着せないで」

「なあ、これは俺の意思じゃないから。……待て、動くな」

渚《なぎさ》と美玖《みく》が言葉を止める。鳴海《なるみ》は慎重に木々に視線を向けた。

がさりと音がして、茂みの陰から男が姿を現した。大量の武器をぶら下げた同年代の男子が——二人。手には金属バットを持っている。

他のプレイヤーとの接触《エンカウント》だった。

距離を置いて視線を交わす。襲ってくる様子はないが値踏みをしている。人間は初対面の相手に対して二進法を使う。自分よりも大きいか否《いな》か、強いか弱いか、脅しに屈するタイプか交渉できるタイプか……。

「こちらに敵意はない。この辺はあらかた探した」

返答はなかったが、彼らはちらりと美玖《みく》に視線を向け、仲間同士でアイコンタクトをすると再び森の中に戻っていった。

「……ふう、怖かった。安全なエリアっていっても、対人間には通用しないね」

美玖《みく》が胸をなでおろしている。

「他のプレイヤーたちが探索エリアを広げ始めた。このゲームをアイテムの奪い合いだと解釈している場合は少しまずい」

縄張り争いが始まるとゲームが停滞してしまう可能性がある。

「それにしても、あっちは素直に引き下がりましたね」

「美玖《みく》の馬鹿っぽい水着姿が場の雰囲気を中和したのかも。ピリピリした雰囲気の中で『こいつ、なんでスクール水着なんだ？』みたいになったよな」

「馬鹿なこと言ってないで姫様を探さないと。少し無理してでもさあ」

「いや、無理する必要はない。俺たち以外の誰かが助けてもゲームクリアだ。塔の姫は単なる扉の鍵にすぎないから」

そして、おそらく見つけたとしても……。

その後、慎重に三人は森の中を探索する。いたるところに落ちている五百円玉、そして様々な武器。防刃《ぼうじん》チョッキや盾のような防具まで。

「こんなに武器は必要ですかね」

「私は殴り合うよりも、話し合いを望むけど」

「もちろん俺も対話を望むよ。でも抑止力は必要だろ。まずは武器を見せてから話し合いだ。世界はそんなシステムになってる」

こんな重量をぶら下げて探索はできないと、海岸に戻ることにする。少し探しただけでこんなにも武器が手に入る。あまりに供給過剰ではないか？

「最初のスタートダッシュが重要だったんじゃないかな。それで一番強い武器を手にしたプレイヤーが勝利するの」

美玖《みく》は日焼け止めオイルを塗りながら歩いている。

「それはないさ。そんな体育会系ゲームが面白いと思うかい？」

「でもね、ゲームも人生も常に不条理なのよ」

森を抜けると潮風が吹き抜ける。ゲームでなかったらもっと楽しかっただろうか。

鳴海《なるみ》と渚《なぎさ》が集めた武器を確認する横で、美玖《みく》は海へと走っていった。なんて自由な女なんだ。

自分たちは本当にデスゲームをやっているのか、という気持ちになる。

「わー、気持ちいい！　どーだ、馬鹿っぽいこの姿こそ、ここでは正義！」

飛沫《しぶき》をあげて海に飛び込む。こんなときはスクール水着姿は便利だ。一方、武器をぶら下げて歩く鳴海《なるみ》と渚《なぎさ》は汗だくになっていた。

「渚《なぎさ》も水着ルートにしたらどうだ？」

「これを着ろと？　怒りますよ」

渚《なぎさ》が生地の小さいビキニを手に取り憤慨している。少しだけ渚《なぎさ》が心配だった。ただでさえ華奢《きゃしゃ》な体なのだ。重い荷物を持っての移動が負担になっている気がする。

「でも、せっかくだから着てみようかな、なーんて。……ん、なんです？　そんな真面目な顔しないでくださいよお、フォローしないの先輩の悪い癖ですよ」

「静かに」

鳴海《なるみ》は中腰になって渚《なぎさ》の口に手を添える。潮騒《しおさい》の音とは明らかに違う。波の音に交じって聞こえた人工的なこの音は……。

「サイレンだ！」

立ち上がると同時に、ウォンウォンと甲高い音が響き渡った。

――獣が出たらサイレンを鳴らして警告します。

「美玖《みく》！　海から上がれ！」

すでに美玖《みく》は走ってきていた。

「逃げるぞ、金と水は置いていく」

「逃げるって、どこへです？」

「安全地帯だ」

まず思いだしたのは防御力だ。獣から逃れるには、走るか防御力か。とにかく高めの防御力を用意してやり過ごすしかない。安全地帯に行けばその防御力を底上げできる。

三人は砂浜を走る。安全地帯に行くには砂浜を走って回り込んだほうが早いし迷わない。

「あっ」

重い武器をぶら下げている渚《なぎさ》が転んでしまう。やはり渚《なぎさ》は体のハンデがある。

鳴海《なるみ》は美玖《みく》に「先に走ってろ！」と叫ぶと、転んだ渚《なぎさ》を抱きかかえた。

「せ、先輩」

「いいからつかまってろ」

鳴海《なるみ》は渚《なぎさ》を抱えて必死に走る。スポ研の活動が暇で、ウエイトトレーニングばかりやっていたのは幸運だった。

美玖《みく》が砂浜から内陸に入っていく。まだサイレンが鳴っている。恐怖を煽《あお》りたてる音だ。事前の説明がなくとも、危ないと本能が感じ取る悲鳴だった。

いきなりサイレンが途切れた。時間切れか——

「早く、こっちに」

美玖《みく》が呼び掛けている。鳴海《なるみ》は渚《なぎさ》を抱きかかえたまま、その安全エリアへとダイブした。

三人の乱れた息遣いだけが聞こえる。周囲を窺《うかが》うと、獣の姿も気配は感じられないが……。

鳴海《なるみ》は機器の数値を確認する。武器を大量に装着しており、安全エリアの底上げもあるので高い数値だ。渚《なぎさ》も同程度だが、どれほどで安全だといえるのかはわからない。

「ねえ、鳴海《なるみ》。これで大丈夫かな」

美玖《みく》が自分の機器を見せる。スクール水着だけの彼女の数値は低い。

「着替えろ、今すぐにだ」

鳴海《なるみ》はセパレートの水着を、美玖《みく》に押しつけた。

「な、な、何言ってるのよ」

「いいから！　たぶんこれが一番数値が高い」

おそらく露出が多いほうが防御力が高いというルールがある。

「俺たちは目をつむっているから、早く」

ここで鳴海《なるみ》は初めて死を現実として受け取った。多くの武器を持って向かい合っても、しょせん人間が相手だ。どんな狂人であろうとも対話ができる。

だが、正体不明の獣など……。

もぞもぞと着替える気配があった。覚悟を決めた美玖《みく》が水着を着替えている。この死と隣り合わせの中、同年代の女子が裸になっているという混沌《こんとん》とした状況……。

目を開けると、美玖《みく》はほぼ着替え終わっていた。だが、焦《あせ》っているのか、トップの背中の紐《ひも》を結ぶのに苦労している。

「手が震えて紐《ひも》が……」

美玖《みく》が胸を手で押さえながら訴える。

「これを結べばいいんだな」

緊急事態だと鳴海《なるみ》は水着に手を伸ばす。まず首側の紐《ひも》を結ぼうとしたが、美玖《みく》の髪が邪魔だ。そっと髪を払うと、汗ばんだうなじが見えた。

「僕がやりますから、先輩は見ないで」

渚《なぎさ》が手際《てぎわ》の悪い鳴海《なるみ》を押しのけ紐《ひも》を結んでいる。

「数値が上がってる……って、見ないで」

美玖《みく》が膝《ひざ》を抱えるようにして体を隠す。

「いいから静かに」

三人は息を潜めて周囲を窺《うかが》う。周辺は静まり返っており、潮騒《しおさい》が微《かす》かに聞こえるだけだ。獣の気配も臭いも感じない……。

これでいいのか？　あまりにヒントが少なすぎるが、何か見逃していないか？　薄っぺらいこの防御力という要素に委ねていいものか。

「もしも、獣が現れたら？」

美玖《みく》はだらだらと汗をかいている。

「走る」

三人でばらけて逃げれば二人は助かるはずだ。

理性では獣に殺されるはずがないと思っている。ここで死ぬのならばあまりに難易度が高すぎる。致死率一パーセント以下との前提を信じて、守備的な行動を取ってきたのだ。

だが、そんな理《ことわり》の壁では恐怖の侵入を防げない。体が震え、体の芯から脂汗が滲《にじ》み出《で》る。今まで自分がやってきたゲームは、しょせん安全なゲームだった。ゲームを攻略しても、死のリスクと向かい合ったことはなかったのだ。

思った。死の恐怖は外にあるのではない。もともと自身の中に飼っている獣だ。普段は理性や常識という鎖で飼いならしているが、いきなり暴れだし心臓を食いちぎろうとする。

何も起こらないまま時間だけが過ぎる。しかし三人はその場を動けなかった。死ぬかもしれないという、シンプルな恐怖に打ちのめされた。

今まで自分は本当の死を理解していなかった。この震えが死の恐怖なのだ……。

鳴海《なるみ》は心臓を押さえる。致死率一パーセントの毒が全身に回りはじめていた。

「波の複雑な音やヤドカリの生態まで、仮想世界の海のほうが詳細に再現されている」

美玖《みく》は、小さな水着で肌をさらしたまま波打《なみう》ち際《ぎわ》に座っている。

「でも、私はこっちのほうが現実なのだと思った。この脳の一部しか使わない物質の世界が」

現実よりもVR機器で仮想世界に接続したときのほうが、脳の活動は活発だとされている。つまりこの世界はバーチャルよりもシンプルな場所なのだ。すでに人間は狭い宇宙よりも人間の脳内への探索にシフトしている。

「ここでは波の複雑な音をすべて聞き取れない。感じるものも冷たいとか、いたってシンプル。でも、この世界は美しい……」

鳴海《なるみ》もそう思った。すぐそばに死がある残酷なこの世界だからこそ美しい。

「そんな美しい世界でイオンサプライズ」

美玖《みく》がスポーツドリンクのボトルを持って微笑《ほほえ》んだ。CMの真似《まね》をして雰囲気を変えようとしてくれているが、突っ込む気力もなかった。

明るかった渚《なぎさ》も顔色が悪い。あのサイレンがきっかけだ。鳴らずとも慢性的な恐怖を与える。こうしていてても、いつ鳴るのかという恐れが背後にある。

このままでは押しつぶされる。頼るべきはゲームで用意された数値か。安全地帯に入った三人は無事だった。あの数値を保てばサイレンが鳴っても無事だ。

……いや、その保証はない。求められる防御力が常に同じだとは限らない。時間経過とともに求められる数値が上がっていく可能性もある。

今まで自分たちは、この世界で丁寧な説明を与えられすぎていた。スマホの使い方やカフェのおすすめメニュー、ここは危険です、こちらの本が面白いでしょう……。

そんな便利な世界は人間から決断と判断を奪い去った。だから時計もない過酷な場所に放りだされると何もできなくなる。……いや、できることはある。

「ゲームクリアだ。やるしかない」

それはこの島で唯一の絶対的なルールだ。扉を開けば元の世界に戻れる。サイレンに怯《おび》えながら無能さをさらす前に、ゲームを終わらせてみせる。

「やる気になったの?」

水着姿の美玖《みく》が歩み寄ってきた。

「安全地帯で誰かが扉を探すのを待ってたほうがいいんじゃない?」

「だったら俺がその誰か、になる」

鳴海《なるみ》は立ち上がる。この恐怖は慣れで消えることはない。それどころか増殖して自らを縛る種類の感情だ。それに対抗するにはスピードしかない。恐怖で溺死する前にゴールの扉を開け放つ。

扉よ開け《オープンザセサミ》。扉を開ける呪文は自分が唱えてみせる。

三人はそれから少しずつ積極的に行動した。探索を続け徐々に内陸に入っていく。

「きっと、塔は島の中心にある」

「わかるの？」

「数値が変化している。きっと島の中心に行くほど高くなる。その中心に塔がある。常に数値の変化を確認しながら歩いてくれ」

場所によっての防御力の変化。それは島での位置を兼ねているのだろうと思う。つまり方位磁石のようなものだ。

「……ねえ、私の数値が減ってるんだけど」

隣を歩く美玖《みく》は顔をしかめる。今の彼女は水着の上に鳴海《なるみ》が貸してやったシャツを着ている。確認してみると、確かに少ない。場所の評価だけしか表示されていない。

「水着の評価はどうなったんだ」

評価が低いのはまずい。原因を知る必要があると、三人は探索を中断した。

「シャツを脱いでくれ」

「何言ってるんですか、先輩は」

渚《なぎさ》が突っ込んだが、美玖《みく》は数値が低いのが不安なのか「あっち向いてて」と素直に従った。

「……やっぱり変わらない。ていうか水着の評価がなくなってる」

「じゃあ、さっき手に入れたスポーティーなセパレートがあっただろ。あれに着替えてくれ」

鳴海《なるみ》に急《せ》かされ、美玖《みく》は木の陰で着替え始める。

「どういうことなんですかね？」

「水着ルートのルールがあるんだろうなと予測している」

着替え終わった美玖《みく》が木の陰から出てきた。彼女が着替えるたびに、頭を殴られたかのような衝撃がある。こんな状況だが同級生の水着姿はとてもまぶしい。少しサイズが小さめだが、水着は彼女の体にフィットしていた。個人的にはこっちのほうが色気を感じてしまう。

「数値が上がったけど……そういった目で見ないで」

美玖《みく》がシャツを羽織ろうとする。

「駄目だ」と、鳴海《なるみ》はシャツを奪い取った。「別の服を着るのはルール違反なんだ、と思う」

「ルール違反って？」

「このゲームはエンタメだろ。水着でフィールドを歩き回らせたいんだ。だとしたら、ルール違反した水着の価値をなくすシステムを作るはずだ」

鳴海《なるみ》は、美玖《みく》が先ほどまで着ていた生地の小さい水着を手に取った。

「きっと、これはもう普通の水着だ。評価もなくなったし、持ち出しても換金できない」

「……きっとこのゲームは変態が作ったのよ。変態が制作した変態によるゲーム」

「男は重さ、女は羞恥《しゅうち》をっていうところか」

男は武力、女はセクシャルというルート。鳴海《なるみ》は水着をポケットにしまった。

「おい！　なんで私の着てた水着をしれっとポケットに入れたの？」

「いや、何かに使えると思って」

「使うって何によ！」

「先輩」

渚《なぎさ》の声に鳴海《なるみ》と美玖《みく》は身構える。木々の向こうに人影があった。

「俺が対話する」

鳴海《なるみ》は一歩前に出た。水着姿の美玖《みく》は渚《なぎさ》の後ろに隠れる。

姿を見せたのは同年代の男性。……三人。面識のない人間だ。だが、三人ともジャラジャラと武器をぶら下げている。

「探索しているだけだ、敵意はない」

「ここは俺たちの場所だ。迂回《うかい》していけ」と、長髪の男が応えた。

鳴海《なるみ》はうなずくと、渚《なぎさ》と美玖《みく》を促して歩きだす。しばらくして振り返ったが、男たちが追いかけてくる様子はなかった。

「どういうことですか？　俺たちの場所って」

「あそこに安全地帯があったんだよ。奴《やつ》らはそこに引きこもる選択をした」

あのサイレンがプレイヤーたちの行動を変えた。死の恐怖はどのプレイヤーにも平等に浸水し、彼らは動かないことを選択した。武器を抱えて安全地帯に引きこもるという戦略だ。

「動くのにもリスクがあるからな」

鳴海《なるみ》は汗をぬぐう。移動の際に、ほとんどの武器は置いてきている。なだらかな勾配の島とはいえ、リュックなどの道具もなく何十キロもの荷物を運ぶことはできない。武器のほかにも水なども必要だ。さらにかさばるのはコインだ。五百円玉も枚数が多いと重い。

「ねえ鳴海《なるみ》。五百円玉、捨てない？」

「いやだ」

金を捨てることはできなかった。持って帰ればしばらく豪勢な飯を食べられる。

「先輩は、ほんとお金好きですよね」

呆《あき》れる渚《なぎさ》がふと足を止めた。見ると、木々の向こうが明るい。さらに歩くと木々が途切れ、金網フェンスに囲まれた緑の芝生が見えた。

「ああ……」

エリアの中心に、三メートルほどの円柱の台座がある。いや塔か……。

それを見上げた鳴海《なるみ》は息をのむ。一瞬でどっと汗が出た。

台座の上には巨大な銅像がある。四本腕の鉄のモンスターが剣とパラソルを持っている。そのパラソルの下に水着姿の女性が座っていた。鎖につながれた彼女は……伊《い》刈《かり》梨《り》々《り》花《か》だった。

「リカ？」

声に梨々花《りりか》は目を開けた。

「鳴海《なるみ》君？」

二人は塔の上と下で見つめあう。本当にこのゲームに参加していたのだ。教室で笑っていた彼女が死のゲームのお姫様役だと？

「なんで鳴海《なるみ》君がここに……」

鳴海《なるみ》はただ目を奪われていた。死のゲームの中でのクラスメイトとの再会。鎖につながれ肌を無防備にさらす彼女から視線を外すことができない……。

「ここだったか」

振り向くと数人の男子たちが木々の中から顔を出した。

「見つけたのは、ほぼ同時だったな」

にやりと笑う男子を見て、渚《なぎさ》が顔をしかめた。

＊

出口の扉は塔の姫君が知っている。

そのためには、彼女を囚《とら》える鎖を外さねばならない。そして解放のキーは塔のそばにあった。

「鍵は、自動販売機に入っているとのことです」

梨々花《りりか》の言葉だ。円柱形状の台座は巨大な自動販売機になっていると気づいた。そして鍵はその中にある。つまり買うしかない。

鳴海《なるみ》は手持ちのコインを自動販売機に投入する。画面には商品のメニューは存在しない。出てきたのペットボトルや武器の類《たぐい》。ランダムのようだ。

「金が足りないな」

ほとんどの五百円玉は砂浜に隠していた。

「それよりも、あいつが」

渚《なぎさ》が耳打ちする。ちらりと横目で見ると、五人の男子たちがこちらの様子を窺《うかが》っている。五人とも鳴海《なるみ》の学校の生徒たちだ。そしてその中心にいるのが生徒会のメンバーだ。

「あの『魔王スレイヤー』に参加した人です」

偽物《にせもの》のゴールで満足し、生徒会長の怒りを買った男子だ。汚名返上のためにこのゲームに参加させられたのだろう。

「道明寺《どうみょうじ》晃《あきら》。先輩と同じ二年生です」

顔も名前もまったく知らなかったが、爽やかな風貌で女子にもてそうな印象だ。

「生徒会の準会員で、下部の中学校の生徒たちと交流して面倒見がいいって噂《うわさ》です。でも、周囲にかわいい男の子をはべらせてるとかで、気持ち悪いんです。キモい」

「そういった趣味か」

道明寺《どうみようじ》は金具つきベルトを何本も巻き、さらに手首や首にも装着している。ベルトもアイテムとして手に入るようだ。

「……金が尽きた」

手持ちのコインを使い切ったが鍵は出なかった。ナイフや金づち、防刃用のプレートなど様々なものが山積みになっている。ほかにも鎖など用途のわからないものが出てきた。

鳴海《なるみ》はため息をついて頭上を見る。パラソルがあるとはいえ、彼女の体力は大丈夫だろうか。水道の蛇口はついているようで水分補給はできているようだ。排水溝もあるようで、最低限の生活はできるが、あのままでは危険だ。

嫌な予感がするのはあのタロットカードだ。

炎上する塔。失敗するとこの塔ごと燃え上がるのではないか……。

話しかけたい気持ちを飲み込む。彼女は鳴海《なるみ》がゲームに参加した理由でありウイークポイントだ。だからこそやり場のない怒りがわく。肌を無防備にさらして、ゲームの駒としてあのような場所に……。

「よお、そろそろ順番を代わってもらってもいいか？」

道明寺《どうみようじ》たちが寄ってくる。先に鳴海《なるみ》たちに買わせるハイエナのような作戦を取ったのだ。

「先に聞いておきたい。ゲームクリアに向けて俺たちと協調するんだな」

鳴海《なるみ》の問いに、道明寺《どうみょうじ》は「もちろんだ」と、にやりと笑った。

素直に鳴海《なるみ》は引き下がり、三人は離れた場所で話し合う。

「ここまできたら行動は単純だ。ガチャガチャのように当たりが出るまで課金するだけだ」

そのためには残りの金を持ってくる必要があるが、自分がいないときに鍵が出たら、という恐れもあった。梨々花《りりか》が心配なのはもちろん、ゲームの重要な場面に立ち会いたかった。

「すぐに出るのかしら」

「しばらくは出ないだろうし、出ればそれでいい」

鍵を手に入れた人間だけが脱出というゲームではない。それでも、一波乱あるとしたら……。

鳴海《なるみ》は山積みの物資を見つめた。

「戻ろう。コインを取りに戻る」

一刻も早く梨々花《りりか》を助けるには、砂浜に隠した五百円玉が必要だ。

「じゃあ、私はここで見張ってる」

美玖《みく》が言うが、水着姿の彼女を一人残していって大丈夫か。

「平気よ。こんな状況でエッチなことしてこないだろうし、されたとしても守る武器はこんなにあるからね」

美玖《みく》がナイフを手に持ちウインクする。

「それにここにいれば安全だし」

このフェンスに囲まれた円形広場のスペースは安全地帯だった。それも今まで見つけたどのエリアよりも数値の評価が高い。

「あれは持っていきますか?」

渚《なぎさ》が山積みの物資を指さす。

「無理だな。水や軽い武器だけ持って、あとはここに置いていく」

ちらりと見ると、道明寺《どうみょうじ》たちも自動販売機を使い始めた。コインを投入すると重量感のある武器が出てくる。鳴海《なるみ》はこの状況を見てふと思った。まさか炎上する塔の意味とは……。

去り際に塔の上の梨々花《りりか》を見る。鉄のモンスターと視線が合ったような気がした。

＊

「……あの、先輩」

「静かに」

二人は抱き合ったまま息を潜めていた。五百円玉を回収しに行く途中にまたサイレンが鳴ったので、渚《なぎさ》を抱えて安全エリアに飛び込んだのだ。

体が震えた。この恐怖は自分を守るための防衛本能だと言い聞かせる。油断して死神の侵入を許すことがないようにとのシステムだ。

……獣の気配はない。

きっとこのサイレンはブラフだ。プレイヤーたちに恐怖を与えるのが目的で、ある程度の数値評価があれば見逃される。しかし、だからといってサイレンを無視して無防備に歩くことはできない。油断した瞬間に獣は牙をむくだろう。

「先輩、すいません」

渚《なぎさ》が鳴海《なるみ》の胸の中で囁《ささや》いた。至近距離で見つめ合う格好になり慌てて目を逸《そ》らす。なんかやりづらい。最初の出会いが金髪美女だったので、深層心理で女子と認識しているのだろうか。

「なんか僕、転んでドジを演出するっていう、安易なキャラになってません？」

「軽すぎなんだよ、もっとご飯を食べろ」

二人は軽口を叩《たた》き合ってから立ち上がった。

そのまま海岸へと出て、隠していた五百円玉貯金を回収する。この重量のコインを塔まで運ぶのは労力だ。

塔までのルートでもう一度サイレンが鳴った。

時間経過とともに、サイレンのサイクルが短くなってきている気がする。

時間をかけて塔に戻ると異変があった。他のプレイヤーたちが集まっている。正確に判断できないが二十人ぐらいか。水着姿の女子もいる。すべて同年代の高校生だ。

そんな彼らが揉《も》めている。

「最初に見つけたのは俺たちだ」

道明寺《どうみょうじ》たちの声が聞こえた。フェンスに囲まれた安全地帯には、一つだけ出入り口があるが、そこを鎖で封鎖している。自動販売機から出てきたアイテムを利用したのだ。

「中に入れてやってもいいが条件がある。俺たちは争いを望んでいない。ただ平和に出口の扉を見つけたいだけだ。だから武器をすべて放棄して、金も渡してくれ」

そんなやり取りを聞いた渚《なぎさ》が不安げにこちらを見る。

「しばらく鍵が出ないと踏んだな。長期戦を選んだってことだ」

急造のバリケードの向こうで道明寺《どうみょうじ》たちが武器を構えている。

彼らが恐れているのは、金を集めにここを離れたタイミングで鍵が見つかることだ。だが、とどまっていては自動販売機に投入するコインが集まらない。そこで自動販売機を占拠する選択をしたのだ。

塔の周辺に険悪な雰囲気が流れている。

「俺たちは混乱させたくないだけだ。頼むから言うことを聞いてくれ。あまりに物騒な武器が出すぎた。プレイヤー同士で殺し合うことだけは絶対に避けたい」

彼らには一応の正義がある。そして自動販売機で買った大量の武器は、他で見つけた武器よりも大きく殺傷力がある。槍《やり》や日本刀のような刀までだ。

道明寺《どうみょうじ》たちは、まず水着姿の女子たちを中に迎え入れた。

武器を持っていないのと、健康状態を考えてのことだ。さらに彼女たちが緩衝材となり、武装解除をして中に入る男子が出てくる。

持ち込まれた金を自動販売機に投入するが、鍵は出ない。出るのは武器ばかりだ。

出入り口のバリケードが強化され、さらにだぶつく武器……。

「あなたの負けじゃない？」

声に向くと、美玖《みく》が木に寄りかかっていた。

「だって、持久戦に入ったら外側が不利だもの」

バリケードの内側は武器や食料があふれている。それに対して、こちら側のめぼしいアイテムはほぼ拾いつくした。持っているペットボトルの水もあと一本だけだ。

そして道明寺《どうみょうじ》たちは、評価の高い武器を大量に持ってゲームをクリアすればいい。高評価の武器を体にぶら下げた彼らはミノムシのようだ。肥大していく武力だ……。

「場所も武力も、精神的にもイニシアチブを握られてしまったの。理由はあなたがゲームを甘く見ていたから。誰かがゴールの扉を見つければそれでいいと。でも、このゲームでは手をつないでゴールという思考にはならない」

「美玖《みく》は中に入らなかったのか？」

「だって、中に入ったら海で泳げないもの」

美玖《みく》がくすっと笑う。鳴海《なるみ》はこの表情を知っていた。自然に出るのではなく、他人に向けて作った種類の笑顔。

「扇動したのは君じゃないか？　まず塔の占拠を道明寺《どうみようじ》に囁《ささや》いた。周辺の安全地帯に引きこもっていたプレイヤーに、ここの情報を伝えたのも君だ」

「だったらどうするの？」

「どうもしないよ。でも、これは俺の得意分野だよ。対人間なら……」

この島で一番の恐怖は見えない何かだ。未《いま》だに死のペナルティがなんであるか判明していない。繰り返されるサイレンの恐れは増殖していく。美玖《みく》が肌をさらすことに慣れたのとは違い、この恐怖は慣れるものではない。

その中で対人ゲームは学校でも行っていたルールの範疇《はんちゆう》だ。たとえ人を殺せる武器を向け合おうとも、基本は同じ数式を用いている。このゲームを攻略するならここからだ。そして、もうそのゲームは終盤だ……。

鳴海《なるみ》は塔の上で座り込む梨々花《りりか》を見つめた。

鍵が手に入るのは時間の問題だ。そしてこのゲームからの脱出も。しかしそれは終わりではなく始まりだ。なんで彼女はこのようなゲームに身を投じているのか。

理由を知るには、一刻も早くあの塔から脱出させねばならない。だが、どうしても炎上する塔のタロットカードを思いだしてしまう。

自動販売機を見ると、投入する資金が尽きたようだ。それでもあの場所で待機するための物資は潤沢だ。道明寺《どうみようじ》の戦略は、重要拠点を占拠し他のプレイヤーにプレッシャーをかけるというものだ。渇きや飢え、さらにサイレンに怯《おび》えるプレイヤーたちはゲームクリアのために、金を自ら差し出すことになる。

「渚《なぎさ》、渡してきな」

鳴海《なるみ》は今まで集めた五百円玉の入ったケースを指さす。

「いいんですか？　僕らの武器はこれだけですよ。せめて交渉材料に……」

「交渉の余地はない」

しぶしぶ渚《なぎさ》がケースを運んでいく横で、美玖《みく》が首を傾《かし》げている。

「あきらめたってこと？」

「あれだけあれば鍵が出てくるだろう。脱出のための資金だ」

それでも足りなければ、バリケードの外のプレイヤーと協調して金を集め、支払い続けるしかない。ゲームクリアへの戦略はそれだけなので、今後の鳴海《なるみ》の仕事はプレイヤーの意思を統一することになる。

外と内。まるで社会そのものだ。そんなしがらみから抜けだしてここにいるのに、人間は同じことをしてしまう……。

「きっと、お姫様を解放したプレイヤーたちにはご褒美《ほうび》があるわよ」

「だろうな」

たぶん、換金率の高いアイテムや現金そのものが配られるかもしれない。そしてゲームは持ち出す賞金の分配へと移行する……。

「道明寺《どうみようじ》君たちは、そのケースも考えて武器を独占しているけど」

バリケード内の争いも考慮し、危険な武器は道明寺《どうみようじ》のチームが手にしている。生徒会のメンバーだけあって、人間を支配するのは得意な分野なのか。

渚《なぎさ》がバリケード越しに資金を渡している。受け取った道明寺《どうみようじ》がこちらを見て笑った。鳴海《なるみ》の敗北宣言と受け取ったようだ。

さらに道明寺《どうみようじ》は渚《なぎさ》に何か話しかけていたが、首を振ってこちらに戻ってくる。

「……なんかやな感じ」渚《なぎさ》が吐き捨てる。「先輩を捨ててこっちにこいって言ってました。あの人、僕の作ったゲームにもよく参加してちょっかい出してくるんですよね」

「なあ渚《なぎさ》、少し武器を外しておきな」

「え？　でも……」

「サイレンが鳴ったら、まず逃げて、それから装着すればいいから」

鳴海《なるみ》も最低限だけ残して、重い武器は外した。装着するのは簡単だが、外すのに妙に手間がかかるのだ。

「美玖《みく》はそれで大丈夫だな？」

「うん、まあね」

塔の下では購入が続いている。続々と出てくる物資や武器、そして……。

いきなり自動販売機が明滅した。塔を囲んでいたプレイヤーたちが歓声を上げる。

道明寺《どうみょうじ》が、RPGに出てくるようなわざとらしい形状の鍵を掲げている。

「渚《なぎさ》、準備をしておけ」

鳴海《なるみ》は身構える。炎上する塔の意味が、鳴海《なるみ》の考えたとおりだったら……。

道明寺《どうみょうじ》が塔にある鍵穴に鍵を差し込むと、梨々花《りりか》を拘束していた鎖ががちんと外れた。同時に、今まで自動販売機につぎ込んでいた五百円玉がじゃらりと流れ出た。

それを見たプレイヤーたちが、歓声を上げて五百円玉をかき集める。

そんな中で鳴海《なるみ》はバリケードに走っていた。

混乱する中で、水着姿の梨々花《りりか》が塔から滑り降りたのを見た。

「こっちだ！」

鳴海《なるみ》は梨々花《りりか》に呼び掛けた。すでにこちらを見ていた梨々花《りりか》は、鳴海《なるみ》のほうに走った。そして見た。塔の上で梨々花《りりか》の他に動いたものがあった。

「早く、こっちに！」

「鳴海《なるみ》君！」

鳴海《なるみ》と梨々花《りりか》はバリケード越しに手を取り合った。

「なんでこんなところにいるんだ」

「それはこっちのセリフだよ。鳴海《なるみ》君がなんで……」

「それより出口はどこです？」

渚《なぎさ》に言われ、梨々花《りりか》ははっと我に返って叫ぶ。

「出口は、海よ！　海のフロートがゴールです！」

同時に腕の機器が点滅する。画面にシンプルな島のマップが表示され、数か所ある浮き場のポイントが光っている。まさか海だとは……。

「こっちに。ゆっくりでいい」

鳴海《なるみ》は焦《あせ》りながらもバリケードの鎖を持ち上げ、隙間を作ってやる。

「水着に引っかかって……」

「乗り越えたほうがいいか。俺が支えるから」

落ち着け、落ち着いてまずは彼女を……。

「おい！　勝手に入ってくるな！」

金をかき集めていた道明寺《どうみようじ》がこちらに気づき、槍《やり》を構えて威嚇する。

「俺のことよりも、さっさと逃げろ」

強引に梨々花《りりか》の手を引っ張り、バリケードのこちら側に引っ張り込んだ。バランスを崩した梨々花《りりか》は、鳴海《なるみ》に抱かれるような格好になった。それでも梨々花《りりか》は抗《あらが》わずに身を委ねる。鳴海《なるみ》は彼女を抱きしめながら、ただ思った。やっと彼女を取り戻した……。

サイレンが鳴ったのは、ほぼ同時だった。

金を集めていたプレイヤーたちが硬直するが、逃げる様子はない。大量の武器を身にまとい、さらに最高評価の安全地帯にいるのだと考えている。

だが……。

どすっと鈍い音が聞こえ、鳴海《なるみ》は梨々花《りりか》を抱きながら凍りついた。

金をかき集めていた男子の体が宙に浮いていた。

あの怪物マシーンに背中から刀を刺され、人形のように掲げられている。彼は自分の胸から生えた剣がなんであるか理解できずに、五百円玉を握りしめたまま唖然《あぜん》としていた。

梨々花《りりか》の横でパラソルを持っていたマシーンが動いていたのだ。

四本の腕に武器を持った怪物が青龍刀のような武器をスイングさせると、体を貫かれた男子が血飛沫《ちしぶき》をまき散らしながら吹っ飛んだ。

本当に死ぬのか、と思った。目の前で起きた光景が受け入れられない。もしかしたら自分はバーチャルの中にいるのか、それとも何らかのトリックなのか。そうであってほしい……。

鳴海《なるみ》も美玖《みく》も棒立ちする中で声を聞いた。

「獣に会ったら――走れ」

それは抱きしめていた梨々花《りりか》の囁《ささや》きだった。

「走れ、出口に逃げろ！」

我に返った鳴海《なるみ》は叫んだ。バリケードの中がパニックになる。集めていた金を捨てて逃げようとするが、今まで集めた重りが邪魔になっている。

鳴海《なるみ》は梨々花《りりか》の手を引きながら、渚《なぎさ》と美玖《みく》とともに逃げだす。

一瞬だけ振り返る。プレイヤーが出口に殺到しているが、自ら組んだバリケードと背負った武器が邪魔になっている。

——炎上する塔だ。

鳴海《なるみ》は走りながら、どこかで聞いた話を思いだしていた。地上に疫病がはびこり、裕福な人間たちは塔を築いて空に逃げた。塔を積み上げ、空へ、空へと。

やっと地上の疫病が治まったとき、塔は燃えた。塔の下にいた人間は飛び降りたが、高く上っていた人間は塔もろとも炎上した……。

そしてこのゲームでの塔の高さは——重さだ。プレイヤーの恐怖と欲望が重量として具現化された。

四人は森を抜けて海岸へ走り出た。目を凝らすと海面に浮かぶフロートが確認できる。

「こうなったら泳ぐしかない。渚《なぎさ》はベルトを外したほうがいい。服もだ」

「そ、それはちょっと」

「溺れるぞ。着衣で泳ぐのはつらい」

鳴海《なるみ》は渚《なぎさ》のベルトに手をかけるが、焦《あせ》ってなかなか外れない。

「後ろ！」

美玖《みく》が叫ぶ。木々の中からぬっと姿を現したのは、あのマシーンだった。手に持った刀はべっとりと真っ赤な液体で濡《ぬ》れている。

「先に行け！」

美玖《みく》と梨々花《りりか》が飛沫《しぶき》を立てながら沖へと走る。震える手で渚《なぎさ》のベルトを外そうとするが、どうしても外れない。マシーンがこちらに向かって走りだしたと同時に、ベルトが外れた。

「先輩は？」

「俺はこのまま泳ぐ」

武器をぶら下げたままフロートまで泳ぐしかない。このまま持ち出せば換金できる。それはゲームクリアのご褒美《ほうび》であり、明確な勝者の証《あかし》となり、しばらくの食費だ。

先で美玖《みく》と梨々花《りりか》が海面に飛び込んだ。彼女らはそのまま泳いでフロートを目指す。

「俺たちも泳ぐぞ」

鳴海《なるみ》も海に身を投げて泳ぐ。手足を必死にばたつかせるが……進まない。着衣での泳ぎは厳しく、さらに重量も背負っている。泳ぎに自信があるからとなめていた。

鳴海《なるみ》はもがきながら沈んでいく。

「先輩、荷物を捨てて！」

渚《なぎさ》の叫びが聞こえた。

ここまできて……。これではゲームに勝った意味がない。

意を決してナイフで必死にベルトを切ろうとするが、刃が滑る。海中に沈んだ鳴海《なるみ》はごほっと息を吐いた。

鳴海《なるみ》は肺に残った最後の酸素を使って必死にベルトを切断した。と、同時に海水が喉《のど》に侵入した。意識を保て、海面に出ろ……。

必死に出した手が握られた。意識を失う前に見たのは、鳴海《なるみ》の手を取る水着姿の梨々花《りりか》と、裸の女性のシルエット……。

「くそっ」

3　インターミッションA

廊下の自動販売機でジュースを買っていると声をかけられた。

《あ、無事に帰ってきたんですね》

声に周囲を見回すが誰もいない。

《こっちです》

顔を上げると、あの妖精が自動販売機の上に座っていた。

「帰ってきたって、知ってるのか？」

《はい。サドンデスから帰還したんですよね》

妖精は断りもなく鳴海《なるみ》の肩に飛び移った。睨《にら》みつけると《電力を消費したくないんで》と、へらへらと笑った。

鳴海《なるみ》は『炎上する塔』のゲームから帰還していた。

仲間に助けられフロートに上げられると、そのまま自動操縦のボートが迎えに来た。朦朧《もうろう》とした意識のまま移動用カプセルに入ると、いつの間にか学校に運ばれていた。

目覚めた鳴海《なるみ》はとりあえず登校し、部室に向かうところだった。今は夏休み前なので、必修の授業はほとんどない。

それにしてもあのゲームはなんだったのか。目の前で胸を突き刺された人間を見たが、精神が拒絶しているのか現実感がない。あれは夢だったのではないか……。

スポーツ研究会の部室の扉を開けると、すでに人がいた。

「先輩」

ほっとしたように笑みを浮かべたのは渚《なぎさ》だ。パソコンに向かう須野原《すのはら》もいる。

「よかった、渚《なぎさ》もちゃんと帰ってこられたんだな」

鳴海《なるみ》は思わず渚《なぎさ》を抱きしめた。溺れたショックでフロートからの記憶がほとんどなかった。

渚《なぎさ》の顔を見て、やっとゲームが終わったのだと、心から安堵《あんど》した。

「先輩、痛いから」

日焼けした肌が痛いらしい。そんな様子を見て須野原《すのはら》が笑う。

「仲良くゲームクリアできたようだな」

「俺はゲームの天才だからな。どんなトリックも謎も簡単に解けるし、ついでに後輩とも仲良くなることができる」

ふざけてキスをしようとすると、渚《なぎさ》が真っ赤な顔をして抗《あらが》う。

「やめなさい！」

怒号に硬直する。はっと横を向くと、椅子に座っている女子がいた。制服姿の彼女は伊刈《いかり》梨々花《りりか》だった。彼女も無事に帰還した。

「悪ふざけがすぎるんじゃない？　抱きついたりキスしようとしたりって」

なぜか彼女の機嫌がとても悪い。

「いや、スキンシップっていうか、男同士でキスしようとするからこそ、お互いにリスクがあるっていう悪ふざけになるんだよな」

「渚《なぎさ》ちゃんは女の子でしょ。ただのセクハラじゃん」

「え？」

須野原《すのはら》は顔を見合わせる鳴海《なるみ》の胸の中で、渚《なぎさ》が大きく息を吐く。

「先輩、知ってると思いますが、僕はですね……」

「なあ、そういうのやめないか？　女の子っていうのは違うよな。悪ふざけすぎるだろ」

鳴海《なるみ》の言葉に、梨々花《りりか》と渚《なぎさ》がきょとんとしている。

「確かに華奢《きやしや》で中性的な顔つきだけど、俺は渚《なぎさ》の男気を知っている。あのゲームで恐怖に負けることなく戦い俺の心が折れそうなときも助けてくれた。そんな仲間にそういうことを言わないでくれ」

「確かにそうだね」須野原《すのはら》も同意する。「女の子っぽいまでは雰囲気のことだからまだ許される。でも、女の子でしょ、みたいな言い方は性的差別になるから気をつけなよ」

目をぱちくりとさせた梨々花《りりか》は、渚《なぎさ》に手招きする。そのまま二人で部室の物陰に入り、何やら話し合いが始まった。

（どんなトリックも謎も見抜けるんじゃなかったの？）

（いえ、ちょっと視点が人と違うといいますか……）

ひそひそと議論し、しばらくして戻ってきた渚《なぎさ》が、鳴海《なるみ》の前で胸を張ってみせた。

「先輩、僕は男だぜい」

「いや、知ってるよ。馬鹿だな」

その横で梨々花《りりか》が溜息《ためいき》をついている。いつの間にか妖精が彼女の肩の上に座っていた。

「やっぱり、リカのペットだったのか？」

「うん、まあ、友達みたいなもの、かな」

梨々花《りりか》は指で妖精の頭をそっと撫《な》でた。

「それで、なんで鳴海《なるみ》君は、あのゲームに参加したの？」

「まず金のためだよ。賞金があるって言われたから」鳴海《なるみ》ははっきりと答えた。「そして、俺はゲームから逃げたことがないから」

「僕らは渚《なぎさ》に協力してくれと頼まれたんだ。ハイリスクハイリターンのゲームだと言われてね。で、一回だけ協力することにした」

須野原《すのはら》が人差し指を立て、鳴海《なるみ》に向いた。

「で、ハイリターンのほうはどうだった？」

鳴海《なるみ》は肩をすくめてみせた。脱出の際にすべてのアイテムは放棄していた。そうしなければ溺死していたことだろう。しかし……。

「リスクのほうは、死者が出た可能性はある」

殺戮《さつりく》マシーンの被害がどれほどなのかはわからない。

「ただ、結局ゲームの真実はわからない。だけど俺たちを綺麗《きれい》な砂浜の無人島に連れていく力があるのは事実だ。あのゲームは危険だというのが俺の結論だよ」

鳴海《なるみ》は渚《なぎさ》と梨々花《りりか》を見た。遊びで参加するゲームではない。たとえ莫大《ばくだい》なリターンがあったとしてもだ。しかし渚《なぎさ》はこちらの視線を受け止めていた。

「先輩、僕にはそのゲームをやらねばならない理由があるんです。だから僕は『サドンデス』について調べ、さらにゲームに参加する準備をしました。サークルでゲームを開催していたのは、仲間を見つけるためです」

「なあナギ、俺たちはそのゲームにこれ以上参加するつもりないよ」

須野原《すのはら》がきっぱりと断った。

「わかっています。最初のゲームを一緒にやってくれる人を探していただけですから。本当に死ぬ可能性があるって考えると怖かった。だから最初だけは手伝ってもらいたかったんです。でも、もう大丈夫。コツはつかめました」

「待てよ、コツはつかめたって、お前なあ」

鳴海《なるみ》はため息をつく。ゲームから帰ってきてすぐに別の問題が出てきてしまった。人間が殺されただろうシーンを見て、渚《なぎさ》はゲームに参加し続けようというのか。

「心配しないでください。僕は男ですから。いくらフェアだといっても、やっぱりあいったゲームに参加するには、男のほうが有利ですからね」

「いいから待て。消化していない情報が多すぎる。普通に考えるなら、まず警察に届けるのが先だろ。死人が出たのかもしれないのに」

「そんな世界なの」

口を開いたのは梨々花《りりか》だった。

「人生を変えるリターンを得る代わりに代償を払う。そんな明確なルールがこの世界にあるの」

「待ってくれ、ここはただのスポーツ研究会だ。あのゲームで、この学校の生徒が死んだ可能性だってあるんだぞ」

がたんと部室の扉が開いた。

「今回のゲームで死者は出ていないわ」

三つ編みの彼女は秋宮美穂《あきみやみほ》だ。現実だがまばゆい光を感じた。真っ白な肌とライトブラウンの髪。全体的に色素も表情も薄いが、剛腕でいて冷酷な生徒会長だ。

彼女は部室に入ると、空いたパイプ椅子に座った。

「四人？　あと一人集まれば同好会の条件を満たせるわね、頑張って」

彼女は肩にかかった三つ編みを払い、くすりと笑った。

「……死者が出ていないのは、本当か？」

「この学校の生徒にはね。道明寺《どうみょうじ》君もちゃんと戻ってきたわ。ちょっと怪我《けが》をしていたけど、階段から落ちたみたいよ」

ゲームの怪我《けが》はそう処理されるというのか。それにしても、あの状況でよく無事だったものだ。と、鳴海《なるみ》は扉を見てはっとする。

「体にぶら下げていた武器が鎧《よろい》のようになっていたのと、攻撃対象が多かったから逃げられたみたいね」

扉に寄りかかっていたのは美玖《みく》だった。

「この学校の生徒だったのか？」

「今日からね。転校してきたの」

「生徒会のメンバーに空きができたので、入ってもらったの」

秋宮《あきみや》が平然と言う。失態を犯した道明寺《どうみょうじ》に代わって美玖《みく》が入ったということだ。おそらく美玖《みく》は元から秋宮《あきみや》にスカウトされていたのだろう。

「それで鳴海《なるみ》君のゲームの成果はどうだった？　賞金を手に入れたの？　よかったらランチでもどう？　こっちは、ちょっとした臨時収入が入ったの」

美玖《みく》が鳴海《なるみ》に向けて瞬《まばた》きした。

「これから、手に入れた賞金をわけあうところだよ」

鳴海《なるみ》は買ってきたパックジュースを配った。一本百円で売っているジュースだ。鳴海《なるみ》、須野《すの》原《はら》、渚《なぎさ》、梨々花《りりか》に配る。

「ほら、美玖《みく》のぶんだ」

「ん？」

「ゲームでは仲間だったからな」

換金できるという武器は捨ててしまったが、五百円玉を一枚だけ持ち出していたのだ。これは明確な勝利の証拠だ。

「乾杯」

鳴海《なるみ》がジュースを掲げると、渚《なぎさ》や梨々花《りりか》がにこりと笑ってジュースを合わせた。

「なんかこういうのって、いいね」

しれっと美玖《みく》も乾杯に参加していた。

「あなたは賞金を手に入れたのでしょ」

秋宮《あきみや》がたしなめる。この中で大きな賞金を得たのは美玖《みく》だけだ。女子は水着でゴールすれば、それが換金されるはずだ。ゲームの中で肌をさらし続けた彼女へのご褒美《ほうび》だ。

「遅れたけど、ありがとう」

イチゴミルクを握る梨々花《りりか》がこちらを見ていた。

「うれしかったんだ。ずっと鎖につながれていたから、そのうちにクラスのことを考えたの。みんなで飼ってる出目ちゃんは元気かとか、花火大会の日取りはどうなったかとか……。そして目を開けたら君がいた。とても信じられなくて、光がぱーっと散った気がしたの」

「花火大会は八月後半になって、あの出目金は猫に……誘われて旅に出たよ」

「偶然にも鳴海《なるみ》君のことを考えてたんだよ。みんなはイカちゃんとかリリカって呼ぶじゃん？　なんでそこで区切るの、っていつも思ってたんだけど、鳴海《なるみ》君だけはリカって呼んでくれた。やっぱり、なんでそこで区切るのって思ってた」

二人は微妙に視線を動かしながら見つめ合った。持ち出せた金は少なかったが、目の前の彼女が一番のリターンだ。……と、秋宮《あきみや》がコホンと咳払《せきばら》いをした。

「この辺境に来たのは、次のゲームへのお誘いよ」

ジュースを飲んでいた渚《なぎさ》がピクリと反応した。

「次は少し大掛かりになるかも。だからプレイヤーを募っている」

秋宮《あきみや》が指に挟んだカードを見せた。

タロットカード……悪魔《デビル》か。角の生えた女性が悪魔のモチーフなのか。だが、その悪魔は四肢を切断されている。体を切り刻まれる悪魔のカード。

「このゲームは四人一組で参加する。ちょうどそろっているじゃない」

秋宮《あきみや》が部室のメンバーを一瞥《いちべつ》する。

「僕は出ないよ。不衛生な島に連れていかれるのはごめんだ」

須野原《すのはら》が首を振る。

「それに、リカも参加しない。馬鹿げたゲームに出る必要はない」

鳴海《なるみ》は梨々花《りりか》に向き直る。何か困っていることがありゲームに参加しているのならば、ゲーム以外での解決をしてやりたい。

「残念ながら、彼女はすでにゲームに参加していて、途中退場は許されないの」

秋宮《あきみや》の視線の先は、梨々花《りりか》の肩の妖精ロボットだった。

「どういうことだ？　生徒会に借金でもあるのか？」

「いいえ、これは自分の意思なの」

梨々花《りりか》が首を振る。自分の意思で銃口を頭に突きつけていたというのか。

「私には死の指輪がはまっている」

梨々花《りりか》がポケットから取り出したのはタロットカードだった。あの処刑タロット。

鎌を持った裸の女性が溺れている。水責めされる死神……。

「ゲームから逃げていると死神が発動するの。だから私は常にゲームをする必要がある」

梨々花《りりか》の指を見たが、指輪などのアクセサリーはついていない。

「そういうゲームなの。私は行《ゆ》き詰《づま》った生活から抜けだすためにこのカードを手にしたの。私はその代償を払わなきゃいけない」

それが本当だとしたら、死のゲームに身を投じてまで彼女を救いだした意味がない。

「死神の指輪を外す条件は？」

「処刑されるタロットカードをモチーフにしたゲーム制作者がいるの。これは彼が作ったゲームの一つ。解除するにはすべての種類の処刑タロットを集めること」

梨々花《りりか》は塔《タワー》のカードを見せた。炎上する塔ではなくノーマルだ。

「クリアしたからね」

梨々花《りりか》が言う。クリアするたびに処刑が消えたカードが手に入るということだ。タロットカードは何枚だったか。寓意画《ぐうい》が描かれた大アルカナは二十二枚か。

「私は彼女の死神の指輪を解除するお手伝いをしているのよ」

しれっと言う秋宮《あきみや》を鳴海《なるみ》は睨《にら》みつけた。

「ロシアンルーレットもタロットなのか？」

「いいえ、あれは別の制作者のゲーム。でも、他のゲームであっても、絶えずゲームに参加し身を危険にさらしていないと死神が発動するのよ」

休めば梨々花《りりか》は溺死する。この学校で日常をこなしつつも死のゲームに身を投じているのだ。あの死の恐怖を常に背負っているというのか……。

「マイナスの側面ばかり見ないほうがいいわよ。『サドンデス』は人類に残された最後の秘境なの。本当の主催者が誰なのかもまったくわからない」

秋宮《あきみや》すらも真の主催者を知らないようだ。

「好奇心を満たす代償としては危険すぎだろ」

「危険だけど莫大《ばくだい》なリターンがあるわ。プレイヤーとして上りつめれば、その全貌が明らかになる。エベレストだってK2だって初登頂を果たすまでにどれだけの犠牲が出たか。私が本当に怖いのは知るべきことから目を逸《そ》らすこと」

「ずっと生徒たちをゲームに特攻させて、何もわかっていないのか？」

「あなたが思っている以上に『サドンデス』の歴史は浅いの。その枠組みができたのは五年前ぐらいじゃないかと考えている」

五年前。たった五年程度でここまでのシステムを作ったというのか。

「未知な世界があれば誰かが探検しなければならない。オーストラリア大陸の中央部に内海があると信じられていたころ、バークとウィルズという探検家が隊を組織してラクダと一緒に探索をしたの。でも、それは過酷な探検だった……」

六十度以上の熱せられた大地《だいち》、爪はひび割れ眼球すらも乾燥する。探検家たちは喉《のど》をかきむしりながら一人、また一人と死んでいき、戻ってきたのはたった一人だった……。

「……そんな危険な旅だとしても、誰かが探検する必要があるのよ」

生徒会の目的は、地図のない未開の地に足を踏み入れることだ。そして莫大《ばくだい》な宝と名誉を手に入れ、持ち帰ること。

「とにかく、これで参加者は三人集まったということね。あと一人探せばいいじゃない。今回のゲームは女性が二人以上必要だから、あと女子が一人」

秋宮《あきみや》が鳴海《なるみ》に人差し指を立ててみせた。

「俺は参加するとは……」

「君は参加するでしょ。あのゲームは楽しかった。だから待ってる」

美玖《みく》は生徒会でチームを組んで参加するのだろう。

「メンバーが足りないのなら、助言をしてあげるわ。美玖《みく》が在籍していた学校の生徒会が主催しているゲームがあるの。それは『サドンデス』ではなく、ただの学校の裏ゲーム《エクストリーム》。……でも、少し困ってる」

秋宮《あきみや》が立ち上がった。

「私たちの学校からも生徒がプレイヤーとして参加しているようだけど、いまだに脱出できていない。そんな混乱があるから、美玖《みく》を引き抜けたのだけどね。参加して問題解決をしてくれるのならセッティングをするし、この部室を違法占拠しているのも見逃してあげる」

秋宮《あきみや》は須野原《すのはら》にウインクしてから、美玖《みく》とともに部室から出ていった。

「……話が急展開すぎる」

鳴海《なるみ》は窓に手を添えため息をつく。渚《なぎさ》の死のゲーム続行、そして梨々花《りりか》の死神の指輪。手ごたえのあるゲームを願ったことはあったが、ものには限度があるだろ……。

「死のゲームが本当なら狂っているとしか言えない。俺も須野原《すのはら》も関わる気はない」

鳴海《なるみ》は二人にそう言った。渚《なぎさ》がうつむいたのが見えた。

「……でも、仲間とゲームをするってことならやってもいい。その延長でリスクが大きくなろうとも受け入れる」

自分の理解できるルールでやりたかった。多少リスクがあったとしても、同好会の活動の延長ならやるしかない。

「ほら、入会届だ」

須野原《すのはら》が渚《なぎさ》と梨々花《りりか》にプリント用紙を渡す。受け取った渚《なぎさ》と梨々花《りりか》は小さく笑った。

「まずは少しずつ問題を解決していこう。その前に、死神の指輪とはなんだ？」

指輪は比喩なのだろう。いつもそばで監視しているとの意だ。だが、クラスメイトの梨々花《りりか》に監視がついていた様子はなかった。……鳴海《なるみ》は梨々花《りりか》の肩に座る妖精と目が合った。

「まさか……」

《あ、はい、私が『溺死する死神』なのです》

妖精がぺこりと頭を下げた。

《逃亡の監視と処刑の実行を兼ねています。ゲームから逃げ続けていたらまず警告し、次の段階で私が毒針を使って処刑します。心臓麻痺《まひ》と同じ症状が出るのです。証拠隠滅のために私の知能はリセットされ、ただの人形へと戻るのです。つまり私も死ぬんですよね》

「そんなこと言わないで。頑張ってあげるから」

梨々花《りりか》が妖精の頭を撫《な》でている。

鳴海《なるみ》はそんな表情に目を奪われた。自分の死と向かい合って、これほどに自然に微笑《ほほえ》む人間がいるのか……。

「部員の希望はわかった。とりあえず生徒会の提示した、タロットのゲームに参加したいということだね」

須野原《すのはら》が話を進めている。四人は学校の食堂に来ていた。ご飯を食べに来たのは、新入部員の歓迎会を兼ねている。部長の須野原《すのはら》のおごりとのことだった。

＊

鳴海《なるみ》はかつ丼とコーヒー、渚《なぎさ》はサンドイッチ、妖精は単三電池だ。

歓迎会など初めてだったが、迫りくる非現実をどうにかして受け入れるために、こちらのペースにしたかった理由もある。

「サンドイッチか。そういう食事だから、あんなに軽いんだよ」

「軽いほうが、先輩に抱っこして運んでもらえますからね」

渚《なぎさ》は鳴海《なるみ》の隣に座っている。正面の席に梨々花《りりか》が冷やし中華が載ったトレイを置いた。

「鳴海《なるみ》君と河原でお餅を焼いて食べたことがあったよね。あれから私、食堂でお餅のトッピングをするようになったんだ」

「餅と……チャーシュー五枚のトッピングか」

「ん、その顔はなに？　そんな顔するんだったら食べない」

「いや、別に食べすぎだなんて思ってないよ」

「とにかくスポ研の活動として、このゲームに参加することになるんだね」

須野原《すのはら》が割って入った。彼はコーヒーだけだ。腹が減っていないと言い訳しているが、金がないのが実情だ。

「でも、俺はプレイヤーにはならない。となると、もう一人プレイヤーが必要だ。どちらにしろそのゲームは女子が二人以上いる」

須野原《すのはら》がテーブルにタロットをカードを置いた。切り刻まれる悪魔のカード。

「処刑タロットのゲームが提示される機会は少ないの。だから、見つけたら参加したい」

梨々花《りりか》が冷やし中華を食べながら言う。意地を張らずに食べることにしたようだ。

「そこでメンバー集めのために、生徒会長の提示したゲームがこれだ」

須野原《すのはら》が見せたのはA４のプリントだ。

『ゴールデンドラゴン』

オープンワールドファンタジーゲームとある。スマホのゲームのようなノリだ。

「ゲームワールドが用意されていて、ＶＲシステムなどを使ってログインする。鳴海《なるみ》がやった『魔王スレイヤー』のようなシステムだな」

「今度のは危険のないお遊びということか」

「『ゴールデンドラゴン』は二週間前に始まったらしい。多くのプレイヤーが一斉にスタートした。その後も、随時プレイヤーが参加している。カプセルユニットのVR機器を使うこと以外は普通のゲームだ」

カプセルユニットのVR機器は個人所有が禁止されている。複雑な活動ができ、飲食やトイレの機能もついている大げさな装置だ。

「ゲームクリアしないと帰ってこれないのか？」

「いや、このゲームには多くのセーブポイントが設置されていて、そこで簡単にログアウトできる。問題は……それなのに帰還者がいないということ」

ゲーム内でトラブルがあったということだ。

「じゃあさ、強引にログアウトすればいいんだよ。VRを外してさ」

「それは危険だ。鳴海《なるみ》はバーチャル・エンボリズムというワードを知ってるか？　窒素酔いの意味からきてる言葉なんだけど、バーチャル世界の人間を急激に現実に戻すと同じような症状になる。つまり心がバーチャルから戻ってこれない」

「精神だけ電脳世界に置いてきちゃうみたいなSFか？」

「正しくは精神が脳の中で迷子になる。バーチャルの旅は人間の脳内の旅だ。この現在でも脳のすべては解明されておらず、心がその未開の脳のどこかに迷子になる。昔の人間がジャンクと呼んで解析を放棄した辺境だ」

つまり、これも一種のデスゲームだ。失敗すれば死と同義の犠牲者が出る。

「そして、このゲームには彼女が参加している」

須野原《すのはら》がタブレットを見せる。画面に映った女子生徒を鳴海《なるみ》は知っていた。

「福永紅《ふくながこう》ですね」渚《なぎさ》がうなずく。「本当は彼女の力も借りたかったんですが、僕の作ったゲームには参加してくれませんでした」

福永紅《ふくながこう》はちょっとした有名人だ。学校で開催される裏ゲームの、仮想格闘技《エクストリーム》のスタープレイヤーなのだ。仮想世界にログインしてアバターを自分の体のように駆使して戦う。

「福永紅《ふくながこう》や正体不明のバトラー、仮面のサーティナインなど、女性にスタープレイヤーが多いです」

バーチャルは男女の身体能力の差がなく、体のコントロールがすべてだ。男子たちが築き上げてきた血なまぐさい喧嘩《けんか》は、リンスや制汗スプレーの香りで汚された。

「生徒会長は福永《ふくなが》のことを言っていたんだろう。何があったのかわからないが、こんなゲームで彼女を失うのは損失だと考えている」

だが、彼女を助けたとしても渚《なぎさ》や梨々花《りりか》の力になってくれるというのか。あの生徒会長は福《ふく》永紅《ながこう》の何を知っているのか。

「どうする？」

須野原《すのはら》が聞く。参加するならVRシステムを使う必要がある。VRが苦手な須野原《すのはら》はもちろん参加せず、鳴海《なるみ》がプレイすることになるだろう。

「現在参加しているプレイヤーは百人程度」

「罠《わな》の可能性はあり得るか」

「ない。機器の故障でもない。つまりゲーム攻略においてトラブルが起こっている」

「鳴海《なるみ》君は、提示されたゲームから逃げたことはないんだよね」

梨々花《りりか》はすでに参加を決めた表情だった。常に死と隣り合わせの彼女にとっては、この程度のリスクなどまったく問題がないのだ。

「南の島の次は、ファンタジーの仮想世界、か……」

鳴海《なるみ》は福永紅《ふくながこう》が映る画面にタッチした。

インタビューの静止画だったらしく、動画が動きだす。

『敵を倒したときは、何を考えていますか？』

インタビュアーは生徒会だ。

『次の標的のポジション』

静かで冷たい声だ。光の加減か髪が銀色に見える。わずかにウエーブした髪は肩まで無造作に伸びている。瞬《まばた》きすらしない瞳の色はブラウン、薄い唇はピンク。全体的に薄い色彩だが、瞳の光だけが強い。

『なぜ、仮想世界で戦うのですか？』

『仮想世界のほうが自由に動けるから』

『実際に痛みなどを感じると聞きます。恐怖はありますか？』

『いいえ』

『怖いと思ったことは？』

『いいえ。恐怖があるとするなら、この世界を奪われること』

『戦い続ける理由を教えてください』

ほんの一瞬だけ福永《ふくなが》は沈黙した。そのときの浮かべたほんのわずかな表情を、鳴海《なるみ》は見逃さなかった。それは燃え上がるようなマイナスの感情——怒りだ。

『高く跳べそうだと思ったから』

彼女は制御した口調でそう言った。

4 異世界ＲＰＧ

素足に波の感触があった。

一面真っ白の浅瀬の海だった。テーブルと三脚の椅子が置かれさざ波に足を洗われている。

「ここは清潔で美しい場所だ。でも、あの現実の海のほうが惹《ひ》かれる」

「かっこつけしいですねえ、先輩は」

隣の渚《なぎさ》はくすくす笑っている。

「私は清潔でいて安全すぎるこの場所に魅力はないと思う」

梨々花《りりか》は椅子に膝《ひざ》を抱えて座り、トロピカルジュースを飲んでいる。

この場所は渚《なぎさ》が作った仮想空間で、ゲームに参加する前の最後のミーティング中だ。すでに鳴海《なるみ》たちはVRシステムつきのカプセルの中にいる。

『クリアまでどのぐらいかかるかわからない。ゲーム開始と同時に、鳴海《なるみ》たちのユニットは厳重に保管され、トラブルがあっても俺が助けることは不可能だ』

ラジオから須野原《すのはら》の声が聞こえた。今なら引き返せるということだ。

「心配しなくていい。この程度のゲームは簡単にクリアする」

少し危険なだけのサークル活動の延長にすぎない。自分には今までゲームを攻略してきた経験と頭脳がある。

『シンプルなVRゲームのように考えちゃいけない。すべてはリアルにできている。ゲーム内でものを食べなかったら餓死するし、ちゃんと睡眠をとる必要もある』

「データを食べる必要があるのか？」

『ゲーム内の食事にリンクし、カプセル内で食料が与えられる。たぶんゼリーのような流動食が流れ込むんだろう。トイレとかも同じく』

「現実と同じってことだな」

『ああ、そうだ。毒蛇に嚙《か》まれてショック死した症例もあるから気をつけて』

「気軽に言うんじゃないよ」

「先輩、ありがとう。一緒にゲームをしてくれて」

渚《なぎさ》が素足で波を撫《な》でている。

「俺のことを先輩って慕ってくれるかわいい後輩を放っておけるわけないだろ。渚《なぎさ》の問題を解決してやることはできないかもしれない。でも、俺はゲームは攻略してやれる」

「先輩……」

渚《なぎさ》は頰を赤らめ「へへっ」と笑うと、こぶしで鳴海《なるみ》の腹を軽く叩《たた》いた。

「鳴海《なるみ》君は後輩から評判悪いから、ナギちゃんを大切にしないとね」梨々花《りりか》は何故《なぜ》かふくれっ面《つら》だ。「新入生に単位がとりやすい選択科目の攻略本を売りつけるし、隣の小学校との交流祭でオリジナルカードゲームが好評だったけど、子供にカードを売りつけようとして不評を買うし、校内のパンチラスポットのマップを売りつけたりして要注意人物になってるから」

「ゲームや情報が無料の世界を変えるべきだって須野原《すのはら》が言うからさー」

『確かに言ったけど、パンチラスポットムック本の制作には関わってないぞ』

「ゲーム中はこの子をお願いね、須野原《すのはら》君」

梨々花《りりか》がテーブルに座る妖精を頭を撫《な》でた。妖精はここまでは入ってこられるが、ゲームには同行しないらしい。つまりゲーム中は死の指輪から解放される。だが、その場所でも別の死のリスクがある。

「そろそろ行こうか」

梨々花《りりか》が立ち上がった。当然のように彼女はゲーム参加の意思を見せた。

「渚《なぎさ》はどうする？　バックアップに回ってもいいぞ」

「仮想世界ゲームは僕も詳しいですからね。制作者側の視点で攻略できます。先輩に何かあったら僕が助けますから、安心してください」

渚《なぎさ》はシュッシュとシャドーボクシングの真似《まね》をした。RPGはこの三人で攻略することになった。目的はゲームクリアではなく、トラブルの解決を図りゲームから帰還すること。

「他に注意点はあるか？」

『ゲーム制作者を調べてみた。人物の特定はできないけど、同じようにVR系のゲームを作って、裏《エクストリーム》ゲームに卸しているようだ。プレイヤーからの評価は『心を折るガジェットがあるから気をつけろ』ということだ』

「心を折る、ね」

『ただし、不条理なことはないし、しょせんエンタメだ』

「俺は本格的なVRゲームをやったことがないんだよな」

「私も基本ぐらいしか知らないのよね」

「ということは、序盤は渚《なぎさ》が頼りだな」

「危険なゲームかもしれない。でもさ、どんな場所に行くのか少しだけワクワクしない？」

梨々花《りりか》の言葉が虚勢なのか本心なのかわからない。

「日常では莫大《ばくだい》な情報に流されて、自分で判断したつもりでも誘導されている気がするの。でも、ここでは自分が選択している」

扉が出現した。

「俺はゲームも自分自身も、そして恐怖すらも制御《コントロール》してみせる」

三人は一緒にその扉を抜ける。再び鳴海《なるみ》はゲームに——。

＊

次の瞬間、鳴海《なるみ》は地面に突っ伏していた。

体が重く、自由が利《き》かない。体を起こそうとしたが、体の神経が損傷したかのように意思と違う動きをする。……落ち着け、呼吸はできている。視界は緑だ。自分が草原に横たわっていることを知る。どうにか仰向けになると真っ青な空が見えた。

……ここはもう仮想世界だ。体を起こそうとすると、誰かが走り寄ってきた。

「先輩、伏せてて」渚《なぎさ》が鳴海《なるみ》に覆いかぶさる。「ビギナーキルがある可能性がありますから」

その単語は須野原《すのはら》から教えられていた。ログインした瞬間を狙ってくるプレイヤーがいるケースがあるのだ。

「リカさんもそのままで」

見ると、梨々花《りりか》も鳴海《なるみ》のすぐ近くで倒れていた。

「このゲームはエキスパートシステムという操作システムを使っているので、ちょっと動きが複雑なんです。慣れてない人は先輩のようになります」

しばらく周囲を窺《うかが》ったが、誰かが襲ってくる様子はない。

「大丈夫そうですね。まあ、普通のゲームは安全対策がありますからね」

鳴海《なるみ》は重い体を動かす。少しずつコツがつかめてきた。そばにいた渚《なぎさ》に抱きつきながら必死で体を起こす。

「あ、先輩、ちょっと……」

まるで全身がゴムのようだ。渚《なぎさ》の体を利用して立ち上がろうとすると、いきなりへなへなと渚《なぎさ》の力が抜けた。

「何やってんだよ、立たせてくれ」

「先輩が、変なところ触るからあ」

渚《なぎさ》に覆いかぶさるようにしていると、いきなりむんずと襟首《えりくび》をつかまれた。

「コントロールとやらはどうしたの？　ぐにゃっとしてないで、さっさと立ちなさい」

しかめっ面《つら》の梨々花《りりか》だった。さっきまで芝生の上をゴロゴロと転がっていたのに、なんという順応力だ。鳴海《なるみ》はしばらくぐにゃぐにゃとした後、どうにか立ち上がることができた。

「仮想世界は女性のほうが順応しやすいんですよ。男の人ってどうしても自分の筋力に頼ろうとしちゃいますからね。この世界では男女の筋力差もほとんどありません。どのように体を動かす想像をするか、重要なのはイメージ力なのです」

三人は木陰に座りながら、この世界の空気に体を馴染《なじ》ませていた。

風が吹き、草原が波のように揺れる。こうしていると、風どころか草の匂いまでも感じる。

「感覚などは機械が再現しているのではなく、ほとんどが人間の記憶とイメージに依存しています。このような草原に行ったことがあればその記憶を。でなくとも草原のイメージは誰でも持っていますからね」

「つまり、俺の脳ってことか」

「そうです。仮想世界とは電子メモリーの旅ではありません。人間の脳の探索なのです。スパコンによる演算で、宇宙の果てまで旅できる時代において、残された秘境は人間の脳内だと言われています」

仮想世界のことになると渚《なぎさ》は饒舌《じょうぜつ》だ。自分で作っていただけのことはある。

「無理に体を動かそうとせずに、会話しているだけで慣れてきますからね」

「ナギちゃんの言うとおり、話してたら楽になってきたかも」

梨々花《りりか》はストレッチを行っている。女性のほうが順応が早いというのは本当のようだ。

「でも、これからどうするの？　自由度の高すぎるゲームって不自由よね。自由を追求しすぎて現実と変わらなくなる」

「深いことを言うなあ、リカは」

「いいから君はさっさと動けるようになってね」

なんだか梨々花《りりか》は鳴海《なるみ》には厳しい。

「慎重に行動しましょう。いきなり危険があるとは思えませんが、この世界で何かが起こっていることは確かです。それに、僕がゲーム制作者ならそろそろ——」

「あれだろ、暴漢に襲われた女の子が出てくるんだろ。それを助ける」

「先輩、ちょっとベタで古すぎですよ、それは」

と、どこからか小さな声が聞こえた。

「た、助けて、ください……」

「上だ」

頭上を見ると、木の蔦《つた》に絡《から》まった虫のようなものがいた。

「ん、あれってリカのペットじゃないか？」

蔦《つた》に足を絡《から》ませて宙づりになっているのは、羽の生えた小さな女の子だ。

「全然違うよ。別の種類の妖精でしょ」

「とりあえず、助けますね。トラップの可能性もあるので、逃げる準備もして」

逃げるといってもまだ歩けもしない。だが、渚《なぎさ》と梨々花《りりか》は蔦《つた》に絡《から》まった妖精を助けてしまう。

「ふふ、大丈夫かな？　君はうちの子に似てるね」

普段から妖精を飼っているだけあって、梨々花《りりか》は慣れたものだ。にしても、このゲームの制作者は意外にベタ好きのようだ。

「ありがとうございます。あの植物は虫などを捕食するのです。油断して捕まってしまいました。えっと、お礼に有益な情報を教えます」

「待てよ、お前は悪いモンスターじゃないのか？　妖精のかわいらしい外見をしているのは意味があるんだろ。油断をさせて殺す機会を窺《うかが》っている」

「君はなんてひどいこと言うの」

「いえ、私は悪いモンスターです。昔は魔王様に仕えていましたから」

妖精が気まずそうに頭をかいている。

「でも、魔王様が討伐されてから三百年。もうそんな時代じゃないんですね。……あなたたちがこの世界に飛ばされてきたのは、魔王討伐の名残《なごり》なのです。三百年前に魔王を倒すために、この世界の精霊たちが異世界から勇者を募ったのです。でも、魔王討伐後もその魔法は消えずに、たまに転送者が来るのです」

これがこのゲームの設定らしい。鳴海《なるみ》たちは異世界から召喚されたのだ。

「ここから西に進むと街があります。そこが始まりの街『アンブロシア』です」

まずその街を目指すべきだろう。

「あと、助けてくれたお礼にアイテムをプレゼントします」

いつの間にか木の下に宝箱が三つ出現していた。

「始まりの街周辺は、初期装備が捨てられているので集めておいたんですよね。異世界の服装で活動するわけにはいかないので、一人ずつ着替えていただきます。異世界から持ち込んだ衣類などは、転送の衝撃でもうすぐ消えてしまいます」

三人は顔を見わせる。

「まあ、この格好で冒険はちょっとあれだもんな」

鳴海《なるみ》はTシャツとジーンズ姿だ。宝箱を開けるといきなり全身が発光した。

「……おお」

特に服装は変わっていない。シャツもズボンはシンプルな麻のような素材になり、革の胸当てがついている。さらに背負える皮袋つきだ。

「なかなか冒険っぽくなったな」

「ふーん、危なくはなさそうだね」

様子を見ていた梨々花《りりか》が宝箱を開けた。

「わっ、わっ」

梨々花《りりか》が焦《あせ》っている。いきなりビキニの水着姿になったのだ。……いや、ビキニではない。ゲームでよくあるビキニアーマーだ。

「なんで女の子だけ」

梨々花《りりか》がマントで体を隠してしゃがみこんでいる。

「しっかし、本当に鎧《よろい》の意味がないよな、それ」

鳴海《なるみ》は慌てて視線を逸《そ》らして、鼓動を落ち着ける。クラスメイトとビキニアーマーという組み合わせは、あまりに意表を突きすぎだ。

「……ん、何やってんだよ、渚《なぎさ》も開けろよ」

「いえ、ちょっと、どっちになるんだろうと思いまして……」

「なに言ってんだ、いいから開けろよ」

うだうだしているので、鳴海《なるみ》は渚《なぎさ》の宝箱を開けた。

「え、ちょっと先輩、わー」

いきなり鳴海《なるみ》は梨々花《りりか》に突き飛ばされた。

「見るな変態、人間の屑《くず》、守銭奴、死になさい！」

シンプルな暴言を投げかけつつ、梨々花《りりか》は渚《なぎさ》をマントで隠す。

「あ、ごめん、俺が開けちゃったから、変な感じになったか？」

「いいからあっちを向いてなさい、バーカ」

梨々花《りりか》の後ろでへたり込む渚《なぎさ》の姿がちらりと見えた。

「ナギちゃん大丈夫、マントが二つあるからこれを組み合わせれば……」

「リカさん、すいません」

梨々花《りりか》と渚《なぎさ》がごそごそと何かやっている。

「……ってことで、私は行きます。あ、この辺にいますので、何か困ったことがあったら呼んでくださいね」

妖精がパタパタと飛んでいく。ゲームの初期説明が終わったのだろう。

「先輩、失礼しました」

声に向くと、マントを羽織った渚《なぎさ》が立っていた。

「初期装備の鎧《よろい》が少し合わなくて焦《あせ》ってしまっただけです。もう大丈夫です」

渚《なぎさ》は、二枚のマントを組み合わせたローブのようなものを羽織っていた。

「いや、それはいいんだけどさあ」

トラブルがあったとき、渚《なぎさ》が鳴海《なるみ》でなく梨々花《りりか》を頼るのは少し不満だった。それに梨々花《りりか》も妙に渚《なぎさ》と距離が近い気がする。いつの間に接近したのだろう。

「文句あるの？　ナギちゃんは私のかわいい弟のようなものなの」

「別に何も言ってないけどな」

「まあまあ、さっそく街に向かいましょう」

渚《なぎさ》に促され、鳴海《なるみ》たちは街に向かった。

おそらく街にプレイヤーたちがいるはずだ。シンプルなのは彼らに状況を聞くことだ。そして問題を解決すればいい。

しかし、そんなことが簡単にできるだろうか。自分たちは彼らよりも遅くゲームを始めたというハンデも背負っている。いや、解決できない問題はない。たとえ不得意なジャンルであっても、ゲームの根本は同じだ。まずは……。

「ちゃんと歩けるようになることからだ」

鳴海《なるみ》は渚《なぎさ》に手を引かれるようにして街を目指す。三十分ほど歩くと城壁が見えた。城門には兵隊もおらず、三人は問題なく街の中に入ることができた。

「わあ……」

梨々花《りりか》が息を吐く。街は多くの人々で賑《にぎ》わっていた。

「全部、ＡＩが管理するキャラクターでしょうね。もしかしたら監視のために人間がやっているキャラもいるかもしれませんが」

石造りの建物と石畳、ところどころに用水路が流れており清潔な街だ。用水路では子供たちが水浴びをしたり、洗濯をする女性たちの姿がある。古代ローマのような雰囲気だ。

「お腹《なか》がすいてきたねえ」

梨々花《りりか》が露店の串焼きを見ている。仮想世界なのに肉の匂いが暴力的だ。近くに鍛冶屋があるのか鉄を叩《たた》く甲高い音がする。

「でも、金を持ってないよな」

皮袋をあさったが何も入っていない。ほぼゼロからのスタートだ。

「まずはギルドに行きましょう。スタンダードなゲームならばギルドがあるはずです」

渚《なぎさ》が近くにいた老婦人にギルドの場所を尋ねている。リアルな世界に驚くだけの鳴海《なるみ》とは違い、渚《なぎさ》はすでにゲームを進めている。

三人は石畳の路地に入り、教えられたギルドを目指す。しばらく進むと剣のエンブレムが掲げられた建物が見えた。そこがギルドだ。

中はがらんとしていた。木製カウンターがあり、その向こうに布ワンピースの女性が立っているだけで他に人はいない。

「登録をしたいのですが」

物怖《ものお》じすることなく渚《なぎさ》が話しかけている。壁を見ると、ギルドへの依頼だろうたくさんの紙が貼ってある。全部日本語なので読むことができた。

「……え、登録料がいるんですか？」

渚《なぎさ》と女性が揉《も》めており、もう少しかかりそうだ。

「いろんな依頼があるねえ」

鳴海《なるみ》と梨々花《りりか》はそれらの依頼に目をやる。野ウサギの肉の依頼は食堂から、薬草収集、コレクションのための蝶《ちょう》、手紙の配達、幻覚キノコ集め……。

すべてに難易度のランクがついておりとても親切だ。

「ゲームみたいだ」

「ゲームだからね」

「森のサーベルタイガー討伐をやろうか」

「一人で歩けるようになってからやる気だしなね」

ふと鳴海《なるみ》は思った。このギルドにプレイヤーの姿がないが、ログインしているはずの百人以上はどこにいるのか……。

「登録終わりましたよ」渚《なぎさ》が歩み寄ってくる。「これで依頼を受けることができます。まずはお金を稼がないと何もできませんからね」

確かに無一文では店にも入れない。

「依頼はチュートリアルを兼ねています。世界に慣れつつ、依頼をこなすことで情報が手に入るでしょう。まずは正攻法で攻めるべきですね」

「どの依頼がいいかなあ」

「三人いるので三つこなせます。同じ場所でできるものがいいですね。たとえば野ウサギ狩りと野草集めとか」

渚《なぎさ》の提言で、まずは野ウサギ狩り、ネズミ狩り、野草集めの依頼を受けることになった。

「獲物は店が直接買い取ってくれますが、ある程度の信用が必要みたいです。ギルドを介すと少しばかり買いたたかれますが、初心者へのフォローがありますからね」

野ウサギ狩りのためにシンプルな網を貸してくれた。さらに野草の見分け方のガイドブック、ネズミ狩りのためのY字パチンコ。

「なんかせわしないな」

この世界に飛んできたばかりで、もう仕事をしなければならないとは。

「こんなものですよ。ゲームもスピード化が求められていますからね。のんびりプロローグを見るゲームなんて誰もやりません」

三人は再び城壁外の草原に向かう。

「そういえばナギちゃん、ギルドの登録料金はどうしたの？」

歩くのに必死な鳴海《なるみ》の横で、梨々花《りりか》は慣れた様子で雑談している。

「僕の鎧《よろい》を売りました。きっと登録料を稼ぐために、地道に薬草とか集めて売る必要があるんですが、さすがに時間がありませんから……」

「非道なゲームね」

「大丈夫です。すぐに何か買えばいいですから」

マントの裾《すそ》を押さえて歩く渚《なぎさ》の横で、梨々花《りりか》が憤慨している。

草原に出ると、さっそく渚《なぎさ》と梨々花《りりか》は網を構えた。

「夕方までに、せめて宿代は稼ぎたいです。野営は危険かもしれませんし、何よりバーチャルだとしても屋根のある場所で寝たいですから」

リスク回避のために渚《なぎさ》は急いでいるようだ。三人はまず狩りを開始する。

よく見ると、草原には様々な小動物がいる。太った鳩《はと》のような鳥やイタチらしきもの、遠くにはダチョウのような生き物もいる。

「ナギちゃん、ウサギが行ったよ！」

野ウサギが草原をピョンピョンと跳ねている。だが、渚《なぎさ》の網は空振りする。ランダムな動きでとても素早い。これはゲームのチュートリアルどころではない。渚《なぎさ》と梨々花《りりか》がウサギに翻弄《ほんろう》されている。──ここは自分の出番だ。

「待て！」

鳴海《なるみ》は必死に体を動かし、二人が追っていたウサギめがけてダイブした。

「ひゃああ！」

目測が狂って渚《なぎさ》にタックルを仕掛けてしまった。悲鳴を上げる渚《なぎさ》がずてっと転びマントがまくれ上がる。さらに助けにきた梨々花《りりか》と揉《も》み合《あ》うように草原を転がった。

「ちょ……この、変態」

目の前にビキニアーマーがあり、鳴海《なるみ》は梨々花《りりか》に足で蹴飛ばされる。顔を上げると、渚《なぎさ》がマントを押さえて真っ赤な顔をしている。

「ごめん、まだ慣れてなくて」

「先輩は手伝わなくていいから、草でも集めててください！」

渚《なぎさ》に怒号をあげられ、鳴海《なるみ》は野草探しに降格してしまった。なんで二人はこんなにも初心者に厳しいのか。渚《なぎさ》にまで怒られるとちょっと傷つく……。

草原では「行ったよ！」「任せてください！」「今度はネズミが！」「パチンコで撃ったほうがいいです！」などと二人がはしゃいでいる。なんか取り残された気がして寂しい。

とにかく自分はやるべきことをやるしかない。気持ちを切り替え、体の操作を学びながら野草を集める。すぐ近くにニラのような野草の群生があり、それを必死でむしった。生えている草の種類は様々で、見たことのない多くの虫がいる。この世界を作るためにどれほどの資金とメモリーが使われているのか。

そうこうしているうちに空が赤く染まっていく。この仮想世界と現実の時間経過は同じなのだろうか……。

夕日を眺めていると、トボトボと二人が歩いてきた。

「どうだった？」

二人は首を振る。ゲーマーの渚《なぎさ》でもウサギを捕まえられなかったらしい。

「思ったよりも難易度が高いんです。序盤は作業だろうと、ちょっとなめてました」

「とりあえず戻ろうか。野草は集めといたから」

鳴海《なるみ》は野草の入ったカゴを背負《しょ》って立《た》ち上がる。

ギルドに戻って野草を卸すと、五枚の銅貨になった。レートはよくわからない。これで泊まれる宿をギルドに紹介してもらい、三人は暮れた街を歩く。

「なんかお金がないって惨《みじ》めだね。仮想世界までリアルにしなくてもいいのに」

梨々花《りりか》が騒がしい飲み屋を寂しげに見つめている。

紹介された宿屋は廃墟《はいきょ》のような場所だった。受付には老婆がおり、案内された部屋は木製ベッドが一つあるだけの狭い部屋だ。

「あのお金ではここが精一杯みたいです」

渚《なぎさ》が責任を感じているのか、しょぼんとしている。

「とにかく、飯でも食いに行くか？」

「そんなお金はありません。誰でもできる野草集めで贅沢《ぜいたく》できるシステムじゃないんです」

渚《なぎさ》はため息をついて壁際《かべぎわ》に座る。唯一の女子の梨々花《りりか》にベッドを譲り、鳴海《なるみ》も壁際《かべぎわ》に荷物を置いた。木製の窓を開けると隣の建物の壁が見えた。

なんだか学校に入学したときのことを思いだす。鳴海《なるみ》は過干渉する家族から逃げてきたのだ。

この学校は授業料も免除で寮もある。金がなくても最低限の生活ができるセーフティーネットが存在するからだ。

だが、やはり金がなければあくまで最低限だ。それでも古びた寮の部屋にたどり着いたときには自由を感じ、それから自分の力で生き抜くことを決意した……。

「あ、隙間から月が見えるぞ」

疲れ切っているのか二人の返答はなかった。とにかく頑張らねば。まずは生きるために金を稼がなければいけない。これは日常と同じゲームだ。

こうして異世界生活の第一日目が終わる……。

＊

次の日も、三人は朝から草原に出ていた。

上半身裸で草を集めるかたわら、渚《なぎさ》と梨々花《りりか》は異様に気合が入っている。まとまった金が手に入らなければゲームといえども腹が減る。

渚《なぎさ》は鳴海《なるみ》のシャツを着て草原を走っている。鎧《よろい》を売ってしまったらしいので貸してやったのだが、小柄なので女子がワンピースを着ている感じだ。梨々花《りりか》もマントは邪魔だと、水着のような鎧《よろい》姿で走っている。一緒に狩りをしたかったのだが、離れて草を集めてろと厳命されてしまった。なんだかこの世界に来てから扱いが悪い。

それでも鳴海《なるみ》は草集めのコツをつかんでいた。むやみに集めればいいのではなく、高価なものと安価なものがある。さらに草によっては根の部分が重要だったりする。

「やった、捕まえた！」

梨々花《りりか》が飛び跳ねて喜んでいる。あっちもコツをつかんできたようだ。簡単ではないが、かといって難しすぎることはない。という絶妙な難易度が設定されている。身体能力に乏しいプレイヤーは、鳴海《なるみ》のように地道な作業で稼ぐこともできる。

薬草の泥を丁寧に払っていると、マントを羽織った渚《なぎさ》が歩み寄ってきた。

「そろそろ、街に戻りますか？」

「二人で戻ってれば？　俺は芝刈りを続けてるから」

「そんなあ、先輩もしかしてご機嫌斜めですか？　邪魔だから草でも集めてろって言ったの、根に持ってる感じですか？」

「別に」

「僕の動きやすい服を買ったら、ちゃんと狩りを教えてあげますから。ね、大好きな先輩が不機嫌だと僕も悲しくなっちゃいますよ」

ウサギ狩りがうまくいったらしい渚《なぎさ》がウザい。

「ネズミもいっぱい捕まえたしさあ、早くギルドに行って換金しよう」

梨々花《りりか》がにこにこ笑っているので、仕方なく立ち上がる。

「先輩は、草を集めるのがうまいですねえ。綺麗《きれい》にまとめてるし、意外に几帳面《きちようめん》ですよね。いやー、誰でもできることじゃありませんよ」

「そういえば、鳴海《なるみ》君はクラスでも植物係だもんね。才能があるんだよ」

街に帰る途中も、渚《なぎさ》と梨々花《りりか》が見え透いたお世辞を言ってくる。それでも、鳴海《なるみ》はこの世界で普通に歩けるようになってきた。必要なのは慣れなのだ。

ギルドにウサギや草を卸すと意外に金になり、その足で皆の服を買いに行く。渚《なぎさ》は麻の半ズボンとシャツ、梨々花《りりか》もワンピースのような丈《たけ》のシャツを買った。

「防御力的に、鎧《よろい》のほうがいいんじゃないか？」

「普段はこれにする。誰かさんの視線を感じるからね」

梨々花《りりか》がしかめっ面《つら》をした。さらに渚《なぎさ》と梨々花《りりか》はタオルなどこまごまとしたものを買ってから、食事を取ることにする。ギルドに紹介された落ち着いた酒場に入り、奥のテーブル席に陣取った。ゲームだけあってメニュー表がしっかりしていて明朗会計だ。

「せっかくだからさあ、私たちが捕まえたウサギを注文してみようよ」

「いいですね。ネズミもあるけど、そっちはやめときましょう」

まだ時間が早いのかそれほど客はいない。中年男性がカウンターで酒を飲んでいるが、ＮＰＣだろう。皆で適当に頼んだ料理を、ウエイトレスの女性がテーブルに運んでくる。

「へえ、これはなかなか……」

鳴海《なるみ》は感心した。リアリティのある食事だった。ウサギのロースト、エスカルゴ、魚の香草焼き、イチジクやブドウの果物など。香りまでも再現されている。

同時に強烈な空腹が襲ってきた。丸一日以上、何も食べていなかったのだ。三人は恐る恐る手を伸ばす。

「……うまい」

鳴海《なるみ》は目を見張った。魚の香草焼きはハーブの香りが複雑だ。ウサギのローストも少しクセがあってそれがいい。ソースには血を混ぜているのだろう。本当にこれは鳴海《なるみ》の記憶から引き出された味なのか。もしかしたら、VRシステムは人間の味覚すらも支配したのかもしれない。

三人は無言で食事する。現実の自分たちは味のないカロリーゼリーを摂取しているのだろうが、この食事はそんな作業ではなかった。

「VRゲームをいっぱいやりましたけど、こんなリアルなのは初めてです」

「うん、ウサギを食べるのは初めてなのに、ウサギっていう味がする」

渚《なぎさ》と梨々花《りりか》も感心している。

「なあ、この世界でも飲酒は二十歳からなのかな」

別の席の男たちがエールや葡萄酒《ぶどうしゅ》などを飲んでいる。飲みたいところだが、SNSとかで炎上しないだろうか。

「いえ、さすがにそれはないですよ。ゲームですし」

とりあえず鳴海《なるみ》は酒を頼んでみる。種類も豊富で、エールの他に様々な果実酒、ハーブのお酒、ウイスキーのような蒸留酒も存在した。

鳴海《なるみ》は陶器のカップに注がれたエールを飲んでみる。

「うわっ」

ぬるいが少し甘めの液体が喉《のど》を降りていく。乾いた体に水分が一瞬で染《し》み渡《わた》るイメージだ。まるで魔法だ、これは魔法の液体だ……。

「すっごくおいしい。甘い中にもピリピリする刺激があって複雑な香りがするの」

果実酒を口にした梨々花《りりか》も目を丸くしている。

「渚《なぎさ》も飲んでみろよ」

「でも、酒場で安易に酔っ払っていいものでしょうか」

「いやいや、そんなシビアなゲームじゃないだろ。いいから飲んでみろって」

鳴海《なるみ》に促され、渚《なぎさ》も葡萄酒《ぶどうしゅ》を口にする。

「これはさあ、アルコール依存症に利用できるんじゃないか？」

「でも、仮想世界依存症になっちゃうかもね」

鳴海《なるみ》と梨々花《りりか》はがぶがぶと酒を飲む。なんだか一日の疲れが吹っ飛んだ気がする。少しだけ体がふらつき、とてもいい気分だ。

「なんか酒って楽しいな。疑似体験とはいえ」

「働いて飲むっていうのがいいね。サラリーマンの気分がわかるかも」

くすくす笑っていると、渚《なぎさ》がバシッとテーブルを叩《たた》いた。

「駄目です！　僕たちには大切な目的があるのを忘れないでください」

「ナギちゃんは真面目だなあ。どんな目的があっても、ずっと気を張ってるわけにはいかないよ。どこかで緩めないとね」

「でも、そういうところが渚《なぎさ》のかわいいところだよな」

鳴海《なるみ》はへらへらと笑いながら隣に座る渚《なぎさ》の頭を撫《な》でたが、バシッと払われた。

「子供扱いしないでください！」

「そんなこと言うなよお、ナギちゃーん」

渚《なぎさ》の頬にキスをする振りという嫌がらせをやっていると、不意に渚《なぎさ》がこちらを向いた。そして鳴海《なるみ》の口に「チュッ」と音を立ててキスをした。

「わ、え？　お前、何を……」

「先輩が変なことをやってくるからでしょ」

渚《なぎさ》は頬をぷくっと膨らませている。その表情はどこか得意げだった。

「あんた、何やってんのよ」

やり取りを見ていた梨々花《りりか》が、鳴海《なるみ》の胸ぐらをつかむ。

「何って、悪ふざけがすぎたスキンシップだけど、別に男同士だからいいだろ」

「そーですよ」と、渚《なぎさ》が梨々花《りりか》にも絡《から》みだす。「それとも、やきもち的なやつですか？　先輩と僕が仲が良すぎなのがちょっとプンスカですかぁ？」

「と、と、とにかく、キモいの！　キモい、キモい、キモい！」

「キモくない！」

憤慨した渚《なぎさ》が梨々花《りりか》にキスをした。今度は長くディープだ……。唇を離した梨々花《りりか》がへろへろと腰を抜かしてしまう。

「……こいつ、酔ってやがる」

仮想の酒で酔っ払ったのだ。渚《なぎさ》は「どーだ」と胸を張って葡萄酒《ぶどうしゅ》をぐびぐび飲んでいる。

「渚《なぎさ》、そろそろやめとこう。な、俺たちには大切な目的があるんだし」

「うっさいんだよお、先輩はあ。金に汚いくせに貧乏で将来設計もないし、エロくて空気読まない鈍感男のくせによお。……でも、そんなところが好き！」

その後、渚《なぎさ》は酒場のNPCに喧嘩《けんか》を吹っ掛けたりと大暴れした。

暴れるだけ暴れて寝たので、鳴海《なるみ》は渚《なぎさ》を抱きかかえて宿屋に向かう。今度はちゃんとしたベッドのある部屋を借りられたが、飲みすぎて散財したためツインを一部屋だ。

鳴海《なるみ》はベッドに渚《なぎさ》を寝かして一息つく。

「危険回避のために一緒の部屋で寝ようって決めてたけど、やっぱり別の部屋を借りたほうがいいよな」

ここまでリアルだとは思わなかった。女子と一緒の部屋で寝るのは別のリスクがある。

「別に構わないよ。でも、鳴海《なるみ》君は床ね」

梨々花《りりか》はもう一つのベッドを占拠している。酒場のことをまだ怒っているようだ。

渚《なぎさ》が寝息を立て始めたのでマントをかけてやった。

「ナギちゃんは、きっと一人で気を張ってたんだね。君も私もVRゲームに疎《うと》いから」

「ただの酔っぱらいを、そうやって甘やかしていいのかな」

鳴海《なるみ》は木製の鎧戸《よろいど》を開けた。夜の街の輪郭が見える。

「鳴海《なるみ》君、知ってる？　酒場で話を聞いたけど、この街って教会が三百以上もあるんだって。それぞれの教会が一年に一回お祭りをするの。だから、ほとんど毎日お祭りがあるんだよね。踊りと笑顔で満たされた幸せな街……」

他のプレイヤーはこの街の生活に馴染《なじ》んでしまった可能性はないか。死の恐怖に怯《おび》えながらゴールを目指すよりも、と。

「だからこそ、私が制作者だったらこの幸せを壊す」

夜景を見つめる梨々花《りりか》の視線が鋭くなった。

「この街の平和はおかしい。これは制作者の意図ではなく、何かトラブルがあったの。私たちはその何かを見つけなきゃいけない」

梨々花《りりか》はベッドに横になり、ちらりとこちらを見た。

「……ベッドで寝る？　しょせん仮想だから、変なことしなければベッドに入れてあげる」

梨々花《りりか》がくすっと笑う。いつもクラスの真ん中にいる彼女の、このプライベートの表情を独占していると思うと優越感があった。

「やめておくよ。たとえ仮想世界でも人間関係を無造作に扱いたくない」

「そっか。君はデータでも優しく扱ってくれるんだね」

「お休み、明日も頑張ろう」

鳴海《なるみ》は渚《なぎさ》のベッドにもぐりこんだが、梨々花《りりか》にむんずと襟首《えりくび》をつかまれた。

「いやいや、男同士だし、しょせん仮想だし」

「君は床でしょ」

鳴海《なるみ》は床に乱暴に転がされた。

＊

「先輩、押さえてください！　後ろに回ったら駄目です、気をつけて！」

ヤギの首に縄を回した渚《なぎさ》が叫んでいる。

鳴海《なるみ》は言われるまま、ヤギの体を必死に押さえつける。草原のヤギの生け捕りという依頼だ。

動きに慣れた鳴海《なるみ》は、ついに草集めを卒業したのだ。

「いい感じですよ。……ん、どうかしました？」

渚《なぎさ》は昨日の泥酔《でいすい》をすっかり忘れている。意外に唇の感触が柔らかかったと思いだし、鳴海《なるみ》は必死で頭を振る。梨々花《りりか》も渚《なぎさ》に指示されヤギの足を縛っているが、なんだかぎこちなかった。

「……怪しいですね。もしかして先輩たち何かありました？」

「ナギちゃんは、ウザいほど自由だね」

さすがに梨々花《りりか》が呆《あき》れている。

それでもゲームのほうは順調だ。とりあえずギルドの依頼は全部こなすつもりだ。渚《なぎさ》と梨々《りり》花《か》はあっという間に仮想世界に慣れ、ウサギ程度なら簡単に捕まえられるようになった。

「そろそろ手分けしてやろうか？　配達とかなら俺もできそうだし」

ギルドでパーティ登録をしているので、誰かが依頼をこなせばいい。

「一応、単独行動は避けたいですねぇ」

「でも、三人で手分けしたほうが、情報収集の効率はいいかも」

物怖《ものお》じしない梨々花《りりか》も鳴海《なるみ》に賛同した。

「じゃあ、とりあえずギルドに戻りますか」

三人は捕まえたヤギを引っ張りながら街へと戻る。

朝から草原とギルドを往復していたのでまとまった金が手に入った。

「今から自由行動としますか。でも、その前に装備を整えておきましょう」

三人は近くの武器屋に行き、短剣などを購入する。この街では帯刀が許されている。

「お金は分けておきますから、落とさないでくださいね。何かあったら中央広場で待ち合わせしましょう。絶対に油断しちゃいけませんよ」

鳴海《なるみ》はまずギルドの配達依頼をこなすことにする。手紙の配送先はとある教会だ。

この時間帯は閑散としている商店街を抜けて、街の南西へと向かう。整備された石畳の道には街路樹が植えられている。この美しい街並みを維持する公共事業などが存在するのだろうか。ゲームだからといってすべてを受け入れてはいけない。問題を解決するには小さな違和感こそが重要となる。

しばらく歩いていると、フードつきのローブを羽織った人が見えた。女性だろうか、彼女はあたりをきょろきょろとして、鳴海《なるみ》に気づいた。

「あの、この教会の場所を知っていますか」

若い女性の声だった。彼女が見せたのは教会のマークだ。

「ああ、それなら……」

これはイベントではないかと鳴海《なるみ》は気づいた。その教会は配達先だ。

「よかったら案内するよ」

並んで歩きながら窺《うかが》うと、フードから金髪が垂れている。瞳の色は青だ。

「ありがとうございます。教会のお祭りがあると聞いて、どうしても行ってみたかったんです」

彼女が口に手を当てて笑う。どことなく所作が上品だ。

教会では祭りが始まっていた。音楽が流れエールのカップを持った人々が踊っている。これほどにぎやかな祭りだったとは……。

「それじゃあ神父さんに用があるから」

鳴海《なるみ》は人ごみをかき分け、すでに酔っ払っている神父を見つけだして手紙を渡した。これで依頼は成功だ。その後、教会の広場に戻った鳴海《なるみ》は祭りを眺めた。とても平和な光景だ。生演奏に合わせて踊る少女たちがいる。ここは本当に魔物がいる世界なのか……。

と、鳴海《なるみ》は女性と踊っている男性に気づいた。その高校生ほどの青年に見覚えがあった。こちらの世界の服装で馴染《なじ》んでいるが、彼は同じ学校の生徒だ。生徒会から参加者データはもらって記憶しているので間違いない。

「おい！」

鳴海《なるみ》は人ごみをかき分けて彼に声をかけた。

「ん、ビギナーか？　新人は珍しいな」

彼もすぐに気づいたようだが、かまわずに踊り続けている。

「トラブルがあったのか？　俺は様子を見にログインしてきた」

「トラブルなんてない。助言をするなら——楽しめ、それだけだ」

彼は手を振ると、踊りの輪にまぎれていく。どういうことだと考え込んでいると服を引っ張られた。背後に立っていたのは先ほどの女性だった。

「一緒に踊ってくれませんか？」

恥ずかしそうに笑う彼女にどきりとした。彼女は鳴海《なるみ》の用件が終わるのをずっと待っていたのだろう。思考がまとまらないまま、鳴海《なるみ》は彼女の手を取って踊る。ステップも何もできなかったが、彼女がリードしてくれた。

なんて細くしなやかな指なのだろう。鳴海《なるみ》がステップを間違えるたびに優しく笑ってくれるのがとてもくすぐったい。この優雅な雰囲気は特別な人間しか持っていないものだ。

「異世界からきた冒険者ですか？」

彼女が耳元で囁《ささや》く。少し迷ったあとにうなずく。

「うらやましい。私も旅がしたい。この国の外はどうなっているのか。氷の大地《だいち》があるのは本当なのか、塩水の大きな湖、火を噴く山、それらが本当にあるのか確かめたい……」

「意外に外の世界は暮らしにくいよ。風通しの悪い牢獄《ろうごく》のような部屋を与えられ、冬は寒く夏は暑く、食べ物はお湯をかけて三分間待つだけのもの。こんなお祭りもあるけど、インスタに上げる写真を撮るばかりで、女たちは踊りやしない」

「それでも、です」

「だったら、旅すればいいじゃないか」

「この国の領地から出られません。それは決まりなのです。例外があるとすれば勇者になること。そうすれば自由に領地を行き来できます。でも、勇者の称号はこのような平時には与えられません。……そうですね、たとえば国の姫君でもさらわれない限り」

「勇者っていうポストがあるのか」

「でなくとも、私はこの国から一生出られないのです」

それは寂しげな声だった。

「今日はありがとう、とても楽しかった」

彼女がそう言って鳴海《なるみ》の手を離した。

いつの間にか夜になっていた。鳴海《なるみ》は人々が踊る輪の中で立ち尽くす……。

*

「ということで各自、情報を集めてきたわけだけど……」

鳴海《なるみ》たち三人は酒場で集合していた。

「どこに情報収集しに行こうとしたんだか、ね」

梨々花《りりか》が陶器のカップをテーブルに叩《たた》きつけた。先ほどから暴力的な音を立てている。

「プレイヤーに誘われたんだよ。いい店があるって」

「もう個人行動はやめましょう。先輩が羽目を外しそうなので」

渚《なぎさ》の視線も冷たい。祭りのあとにプレイヤーに風俗に誘われてしまい、学生なのにそれはありかと迷っていたところを渚《なぎさ》に見つかってしまった。こうなったら一緒に経験してみようと誘ったが、きっぱりと渚《なぎさ》は断り、そのうえ梨々花《りりか》にチクられてしまった。

「この街をよく見るとモンスターがいるんだ。魔法で操って働かせてるんだね。運搬とか建設とか、この街が整備されているのはモンスターのおかげなんだよ。サキュバスとかモンスターの風俗もあるらしいよ」

「いいから君は黙ってて」

梨々花《りりか》が鋭い視線を向ける。普段はおっとりしているが、たまに凄《すご》みを見せる。

とにかく街を調べてわかったことがある。まずプレイヤーはこの街に生存し、生活をしているということ。牢獄《ろうごく》などに囚《とら》われてしまい、ゲーム進行が中断しているのではない。

「意外に幸せそうなんですよね。街のＮＰＣと結婚した人もいます」

家庭まで築けるとなると、もはや別のゲームだ。

「ちなみに、依頼をこなして評価を上げると上級冒険者になれます。すると治安維持の名目で街から給料が出るのです」

だからプレイヤーたちは遊んでばかりいるのだ。

「国王が領地外への移動を禁止している。でも住民に不満はないの。資源が豊富だからね。毎日どこかの教会でお祭りはあるし、食料も豊富で遊ぶ場所も多い。誰かさんが遊んできたような場所がいっぱいね」

「いや、俺は入ってはいないんだよ」

「疑問があるんですよね。あまりに簡単なんです。お金を稼ぐのもそうだし、遊びだって多いですし。このゲームの制作者はサディストと評判ですが、そんな感じじゃないですよね」

「他のプレイヤーがやり残したイベントとかがないのかな」

梨々花《りりか》がエールを飲みながらため息をつく。頬を赤くした彼女はなかなか色っぽい。渚《なぎさ》も葡萄酒《ぶどうしゅ》を飲もうとしたので、それは止めてお茶を飲ませておく。

「俺はこういったゲームに詳しくないけど、モンスターとかと闘わなくていいのかな」

「へー、なかなか着眼点がいいですよ、先輩」

やっと鳴海《なるみ》の意見に反応してくれた。

「一つだけ気になる場所があるんです。それは北の洞窟です。『北の洞窟の魔物狩り』という依頼があったらしいです。でも、誰かがクリアしてそれっきりだと。つまり全プレイヤーの共通イベントだったのです。僕が制作者ならそこに何か仕掛けるんですけど」

「洞窟にはまだモンスターが出るらしいから、行ってみようか」

梨々花《りりか》がそう提案した。彼女は問題解決に当たたって常に攻撃的な思考をする。

次の日、三人でまずは戦闘用の装備を整えた。

平和な情勢なので武器はとても安い。長剣と盾、そして鎧《よろい》などが投げ売りされている。

「ビキニアーマーじゃないのか」

梨々花《りりか》はチェーンメールのような鎧《よろい》を装備している。

「君はそっちのほうがよかったかな？」

「さすがにあれはないよな。鎧《よろい》の意味がないし、こっちの視線も困るし」

「ちょっと痴女になっちゃうよね」

そんな装備をする女子はいないだろうと、鳴海《なるみ》と梨々花《りりか》は笑い合った。

「このゲームにはステータスがありません。つまり、モンスターを倒しても経験値などは手に入らないのです。つまり慣れるしかないんです」

身体能力がものをいうゲームだが、男が有利とは限らない。重要なのは仮想世界での体のコントロールだ。

「負けたら死ぬのかな」

「死にませんよ。というより死ねないんですよね。ゲームオーバーになると装備を奪われて教会で復活というパターンです。でも、痛いので死にたくはないです」

「でも、モンスターを狩らなくても生きていけるんだから、危険なことはしないよね」

梨々花《りりか》が買ったばかりの剣を素振りしている。

「なんか、このあたりのモンスターはおとなしいらしいですよ。オークなんかは奴隷のようになってますし、一角獣とかは移動用に使われています」

「誰かさんが買いに行こうとしたサキュバスとかね」

そんな皮肉を受けながら、鳴海《なるみ》は北の洞窟へと向かう。

「モンスターがいたとして、戦うのは初めてだよな。ヤギとか捕まえたことはあったけど」

「それほど強いモンスターはいないとの話ですよ。北の洞窟で怪我《けが》をしたっていうプレイヤーの話も聞きませんし」

渚《なぎさ》は平然としているが本当にそうだろうか。鳴海《なるみ》と違い二人は体の操作に慣れているが、実際に戦うのは違うのではないか?

三人は北の森を抜けて洞窟を見つける。

渚《なぎさ》が皮袋から松明《たいまつ》を取り出して火をつける。梨々花《りりか》が洞窟に入り口に結んだ糸を伸ばしていく。それは迷わないようにとの安全対策だ。

「……意外に緊張しますね」

冒険者たちに踏み固められたのか洞窟の足場はしっかりしている。だが、洞窟の奥から流れる冷えた空気、松明《たいまつ》の灯《あか》りが届かない闇は恐怖をかきたてる。三人の息遣いが岩壁に反響している。異様にリアリティがあった。暗闇を心が拒絶していた。こんな場所で何かに襲われたら終わりだと、本能が体を震わせているのだ。

「モンスターの肉とかは食べられるのか?」

心を落ち着けるために鳴海《なるみ》は雑談をしながら歩く。

「さあ、どうでしょうか。魔法の調合の材料になったりするようですが」

魔法という要素が存在するようだ。冒険を続ければ空を飛ぶ魔法が使えたりするのだろうか。リアルなこの世界で空を飛んでみたいという気もする。

そんなことを考えながら洞窟の奥に進むと、不意に背筋がぞくりとした。腕に鳥肌が立っている。自分たちの息遣いに混じって、何か別のものが聞こえる。

鳴海《なるみ》は渚《なぎさ》と梨々花《りりか》を制する。その場で剣を構えるが動きはない。

「……戻ろう」

鳴海《なるみ》は言った。いつの間にか全身に脂汗をかいていた。

「先輩、ここまで来てそれはないですよ」

「鳴海《なるみ》君は怖がりだね」

身体能力に自信のある二人は意に介さない。

「洞窟の調査をするなら、もっとプレイヤーを呼ぶべきだ。この洞窟の情報だけが少なすぎるのは何かおかしい」

「だから調査をするんですよ」

「俺は慎重にやるべきだと思う」

鳴海《なるみ》が学校のゲームにおいて、生徒会に負けるまで無敗だったのは、須野原《すのはら》が調査をし尽くしたからだ。少しでも負ける要素があれば参加しなかった。

「こういうときは、男の子の言うことに従おう」

意外にも梨々花《りりか》は鳴海《なるみ》に賛同した。こんな場所でも平然としている梨々花《りりか》を見て思った。このゲームにおける死の恐怖が麻痺《まひ》しているのは、彼女が原因なのではないか？　梨々花《りりか》はこの世界でもまるで学校にいるかのような振る舞いを見せている。

渚《なぎさ》が持つ松明《たいまつ》の火がゆらゆらと揺れているのを見た。

「……渚《なぎさ》、ゆっくりとこっちにこい。ゆっくりだ」

鳴海《なるみ》はそっと渚《なぎさ》を呼び寄せる。

「ん、どうしました？」

「いいからおいで」

渚《なぎさ》の背後に二つの赤い光点があった。

次の瞬間、梨々花《りりか》が渚《なぎさ》を突き飛ばした。渚《なぎさ》は松明《たいまつ》を離して鳴海《なるみ》の胸に飛び込む。転がる松明《たいまつ》の火に浮かび上がったのは牙をむき出しにする大蛇だった。襲い掛かろうとした蛇だが、松明《たいまつ》の火に一瞬だけたじろぐ。

「わわわ……」

渚《なぎさ》が腰を抜かす。それほどにでかい蛇だった。子供ぐらいは丸呑《まるの》みできそうだ。こんなモンスターが出てくるとは聞いていない。やはり制作者はプレイヤーが油断した瞬間を狙っていた。

「逃げるよ」

梨々花《りりか》が松明《たいまつ》を拾い、持っていた荷物を放り投げる。すると蛇はその皮袋を一気《いっき》にまる飲みした。

鳴海《なるみ》は渚《なぎさ》を抱えたまま洞窟を走るが、暗く足場が悪いので思うように進めない。そして大蛇の動きは異様に速い。でこぼこした岩場をすり抜けるようにして向かってくる。

逃げることはできない。こうなったら戦うか……。しかしあの蛇に剣が通用するのか。

「きゃっ」

梨々花《りりか》が悲鳴を上げる。足を滑らせバランスを崩してしまった。大蛇はその瞬間を逃さず、鎌首をもたげて襲い掛かる。鳴海《なるみ》が剣を抜いたが間に合わない。

大蛇の牙が梨々花《りりか》の体を食いちぎった。

「あっ……」

梨々花《りりか》が後ろに飛びのく。大蛇が食いちぎったのは彼女の鎖帷子《くさりかたびら》だ。重装備が彼女の体を守ったのだ。

「大丈夫か？」

「見ないで！」

梨々花《りりか》が左手で体を隠している。鎖帷子《くさりかたびら》とインナーが破け胸があらわになっていた。そんな半裸の梨々花《りりか》が硬直している中、すでに蛇は動いていた。壁を滑るように移動し、今度のターゲットは棒立ちする渚《なぎさ》だった。

鳴海《なるみ》は蛇の前に立ちはだかったが、大蛇は鳴海《なるみ》の横をすり抜けると渚《なぎさ》に食いついた。

渚《なぎさ》が「わあああ」と悲鳴を上げる。蛇に鎧《よろい》を食いちぎられた。なんだこの蛇の動きは……。

「この蛇、まさか……」

梨々花《りりか》がちぎれた鎖帷子《くさりかたびら》を投げると、蛇がそれを丸呑《まるの》みする。

「この隙に逃げて」

鳴海《なるみ》はへたり込む渚《なぎさ》を抱えると走る。蛇が三人を追いかけてくるが、梨々花《りりか》が自分の衣服を放り投げると、そのたびに丸呑《まるの》みして動きを止める。

「リカ、早く！」

「こっちを、見ないで！」

梨々花《りりか》はすでにショーツ一枚姿だった。そんな彼女に大蛇が大口を開けて迫る。鳴海《なるみ》が手を伸ばしたが間に合わない――。

突然、蛇の頭が鳴海《なるみ》の前に転がった。がちがちと牙を打ち鳴らす大きな頭部を前に、情けないことに鳴海《なるみ》は腰を抜かした。

大蛇の頭部は切断されていた。血をまき散らしながら蛇は、鳴海《なるみ》の持った剣に噛《か》みつき、プラスチックのように砕いた後、動きをやっと止めた。

「……あ、ごめん」

鳴海《なるみ》は梨々花《りりか》を抱きしめていたことに気づき、慌てて離れようとした。

「離れないで。……見られちゃうから」

半裸の梨々花《りりか》は、鳴海《なるみ》にしがみついて裸体を隠している。いろいろ起こりすぎて理解が追いつかない。いったいどうなったんだ……。

「……は」

薄暗い洞窟に光が散った気がした。構成するデータが輝いている。長剣をかまえて立っていたのはスレンダーな女性だ。ビキニアーマー姿の彼女は――福永紅《ふくながこう》。

＊

「洞窟のモンスターは、女性プレイヤーの衣類を食べるという生態がある」

福永《ふくなが》がそう説明した。四人は洞窟を出たところで対話していた。

「なんて非道なシステムなの」

梨々花《りりか》は、福永《ふくなが》から貸してもらったマントで身を隠している。攻撃に巻き込まれてしまった渚《なぎさ》も半裸になっており、鳴海《なるみ》のシャツを貸してやった。

「この鎧《よろい》で戦う女子がいるもんだな」

福永《ふくなが》は初期に配られたビキニ鎧《よろい》姿だ。スレンダーな体なので意外に似合っている。

「体にまとう情報が少ないほど、うまく動けるから」

「とにかくありがとうございました。この洞窟の情報だけ少なくて、油断してました」

渚《なぎさ》が頭を下げ、状況を説明する。

「ゲームからの帰還者がいないため、調査を兼ねてのログインをしてきたんです。僕らはスポーツ研究会というサークルのメンバーです。あなたは福永紅《ふくながこう》さんですね」

福永《ふくなが》がうなずく。

「エクストリームで福永《ふくなが》さんのことを知っています。でも、そんなあなたがこのゲームから脱出できないのはなぜですか」

「セーブポイントがないから」

彼女でさえも見つけていない。あの大蛇を一撃で倒すほどの人間が攻略できないゲーム。

「福永《ふくなが》さんも、洞窟を調べに来たの？」

梨々花《りりか》の問いに福永《ふくなが》が首を振る。

「洞窟はとっくに調べていた」

福永《ふくなが》は、インタビューで見たときのように愛想《あいそ》が悪い。

「とにかく街に戻らない？　服を買って、マントを福永《ふくなが》さんに返したいし」

「街が、あるの？」

鳴海《なるみ》と梨々花《りりか》は顔を見合わせた。

福永《ふくなが》は街に行かず、ずっとこの洞窟周辺にいたのだ。

鳴海《なるみ》はすぐに理解した。彼女の目的は戦闘だ。バリエーション豊かなリアルなモンスターが出る洞窟で遊んでいた。自らの限界を試すためにモンスターを狩り続けていたのだ。

洞窟の情報が少ないのも彼女が原因だ。出現するモンスターのほとんどを、彼女が狩ってしまったのだから。

「この世界はすばらしい」

「こいつ、楽しんでやがる」

鳴海《なるみ》は梨々花《りりか》に耳打ちした。モンスターとのバトルに魅入られたのだ。

「いつまでもこの世界にいるわけにはいきませんよ。連続したログインは脳に悪影響を与えます。それに、福永《ふくなが》さんが満足するモンスターはこの洞窟には出ないでしょ」

「一体だけ強いのがいた、けど」

「だとしても、まずはセーブポイントを確保してからバトルをするべきだと思います。僕たちも情報を集めましたが、とっかかりもつかめません。他のプレイヤーは冒険もせずに街の生活を楽しんでいます」

「困った、な」

何が困ったな、だ。自分もバトルの快楽に溺れていたくせに……。

「助けてやろうか？」

鳴海《なるみ》は福永《ふくなが》と向かい合った。よくわからない人間だが、仮想世界でのこの能力は使えるのではないかと思った。生徒会に提示されたゲームの件もある。

「あなたが出口を知っているの？」

「見つける」

情報の断片を綺麗《きれい》な模様に並べるのは、自分がやるべきことだ。

「そして学校に戻ったら、一回だけ『サドンデス』を手伝ってほしい。俺たちはどうしてもそのゲームに参加しなければならず、仲間を探している」

「私は、ソロプレイだから」

「同好会に入れば、今ならステッカーがもらえるけど？」

「いらない」

福永《ふくなが》は興味なさげだ。彼女は仲間とつるむことはない。

「生徒会から提示されたのは『処刑タロット』のゲームです」

渚《なぎさ》の言葉に、福永《ふくなが》の目が鋭く光った。

「調べたところ、処刑されるタロットをモチーフにしたゲームを探しているようですね」

「何か、知っているの？」

「あなたがそのゲームに参加する理由も、タロットをモチーフにしたゲームについてもよく知りません。条件を提示しただけなのです」

福永《ふくなが》は肘《ひじ》を抱えるような格好でしばらく考え、こちらを見た。

「……いいわ。あなたがセーブポイントを見つけられたら、協力する」

何かゲームに因縁があるのだろうか。とにかく約束は取りつけた。

「まずは洞窟を案内してほしい。さっき言った強い敵がいた場所に」

鳴海《なるみ》は少し思うことがあった。福永《ふくなが》がうなずき、四人は洞窟に戻る。

「一回服を買ってから戻ってきたかったな」

梨々花《りりか》はマントで裸体を隠しながら歩いている。

「まあ、でも、福永《ふくなが》さんもいますから」

先ほどの大蛇のトラウマが抜けないのか、渚《なぎさ》は鳴海《なるみ》にしがみついている。なんだか妙に渚《なぎさ》の体が柔らかく感じる。

「渚《なぎさ》、あまり引っつかれるとモンスターを倒せない……わっ」

巨大な蝙蝠《こうもり》が飛んできた。いきなりの襲撃に棒立ちになっていると、何かが動いた。

福永《ふくなが》が素早い動きで剣を一閃《いっせん》させたのだ。羽を斬られた蝙蝠《こうもり》は壁に激突して墜落する。

「速い」

モンスターの動きがとても速く、渚《なぎさ》にしがみつかれてなくても反応できない。そして福永《ふくなが》はそのモンスターのスピードの上をいく。

洞窟を進むと、様々な敵が出現する。大サソリやワーム、巨大なネズミや虫の類《たぐい》。

鳴海《なるみ》はすべてを福永《ふくなが》に任せ、震えながら渚《なぎさ》と抱き合うようにして洞窟を進んだ。奥に進むとさらに凶悪なモンスターが出現する。ミノタウロスやヒドラまで……。

「……ん？」

戦う福永《ふくなが》を見て鳴海《なるみ》はあることに気づいた。それは彼女の動きだ。福永《ふくなが》の動きが、なんというか……キモい。

ヒドラの首を斬る福永《ふくなが》の動きは物理法則を無視していた。まるで氷の上をすべるようにスライドしたり、空中で止まったりと、見ていて感覚がおかしくなる。

「バグスキルですね」

同じく気持ち悪い動きに気づいた渚《なぎさ》が言う。

「裏技のようなものです。制作者の意図しなかった動きなどを利用するのです。たとえば学校主催のエクストリームでは、攻撃を仕掛けてキャンセルすると、見えない攻撃が相手に当たるというバグスキルがありまして混乱しました。最初に見つけたのは福永《ふくなが》さんです」

福永紅《ふくながこう》がVRバトルで勝ち続けていたのは、バグスキルを見つける能力もあったからなのか。

「福永《ふくなが》さんはすごいね、私もそんなふうに動けたらいいなあ」

そのキモい動きに感動した梨々花《りりか》が剣を振り回している。そんな彼女から鳴海《なるみ》は慌てて目を逸《そ》らした。マント一枚ということを忘れてしまっている。ビキニアーマーの福永《ふくなが》といい、妙に柔らかい体を押しつけてくる渚《なぎさ》といい、なんだかこの洞窟に長くいるとおかしくなってしまう。

恐怖とセクシャルが同居した危険な穴倉だ……。

「……ここよ」

福永《ふくなが》の声に顔を顔を上げると、いつの間にか広間に出ていた。

「………」

洞窟の中に突如出現した人工の部屋だ。石の台座があり、そこに魔法陣のような模様が描かれている、いかにもといった場所だ。無人の空間だが人間の恐怖を煽《あお》る雰囲気がある。鳴海《なるみ》にしがみつく渚《なぎさ》がぶるっと体を震わせた。

「ここで倒した敵は、何か落とさなかったか？」

「一応、拾っておいた」

福永《ふくなが》が皮袋を開けた。文字が読めない呪文の書や装飾の施された腕輪などが入っている。

「これで何かするのかなあ」

「そんな使い方のわからない物があるとは思いませんが」

梨々花《りりか》と渚《なぎさ》がアイテムを調べている。鳴海《なるみ》はそれらのアイテムの使用方法はわからなかったが、一つの仮説が組みあがった。

「ここにいた敵は、あのキモい動きで倒したのか？」

福永《ふくなが》がそっぽを向いている。気持ち悪い動きは自覚しているらしい。ビキニアーマー姿で戦っているくせに、そこにはこだわるのか。

「いや、そこまでキモくはなかった。でも、そのバグスキルを使って倒したんだろ?」

「うん」

やはりそうだ。——彼女は倒してしまった。

鳴海《なるみ》はやっと理解した。終わらないゲームの理由はここにある。

＊

それから数日が経過し、鳴海《なるみ》はフード付きのマントを被《かぶ》って街に立っていた。

「俺はゲームをクリアするためなら何でもする」

「僕も覚悟はできています」

隣には渚《なぎさ》もいる。自分たちはゲームを終わらせる方法をずっと考えていた。しかしそれが間違っていた。やるべきことは、終わらせることではなく始めることだった。

しかしそのためのピースが足りなかった。何か別のもので代用する必要があり、鳴海《なるみ》たちは街を走り回っていた。

「これでいけるかわからない。もしかしたらペナルティがあるかも」

「先輩なら大丈夫、僕は信じてます。もし失敗したら、一緒に仮想の牢屋《ろうや》に入りましょう」

渚《なぎさ》がくすっと笑う。とにかくやるしかない。でないとゲームから抜けだせず、ずっと仮想世界に囚《とら》われてしまう。

今のところは街に変化はない。鳴海《なるみ》と渚《なぎさ》は教会に移動する。その教会では祭りが行われている。一年に一回ある祭りであり、その祭りを見たいという高貴な存在も……。

教会の敷地《しきち》に入ると音楽が聞こえる。生演奏に合わせて踊る人々。その中に梨々花《りりか》の姿が見えた。彼女はこちらに気づくと手を上げる。その近くで女性と踊る福永《ふくなが》の姿が見えた。ちゃんとイベントが発動したようだ。

「俺はあいつのところに行ってくる。城門で落ち合おう」

鳴海《なるみ》は渚《なぎさ》にここを任せて教会から出る。そのまま通りを走って城門から外に出た。しばらく走り草原の大木の下にたどり着く。

「いるか？」

「……はい」

ぱたぱたと飛んできたのは妖精だ。鳴海《なるみ》たちが最初に出会ったガイドのモンスターだ。

「準備ができた。今からやるぞ」

「あの、本当にやらなきゃいけないんでしょうか」

妖精はおどおどしている。

「お前以外に誰がやるんだ。お前は魔王の部下だったたんだろ」

「それは昔の話です」

「昔の話じゃない。お前は魔王の意思を継ぐ必要がある」

鳴海《なるみ》は妖精に魔法の道具を見せた。

「それは魔王様の道具ですよね。魔王様がそれをやるべきで……」

「魔王が復活するのは三百年後だ。でも、闇の魔法を使えるモンスターがいたのは幸いだった」

この妖精は魔王のしもべであり、魔法陣の使い方も、三百年前にどのようなことがあったかも知っていた。

「しっかりしろ、今日からお前が魔王なんだ。悪行の限りを尽くして、この世界を恐怖に陥《おとしい》れようぜ。やってみると楽しいって。お前には魔物の血が流れている」

妖精は溜息《ためいき》をつき、しぶしぶながらうなずいた。

「魔王様はこのときのために準備をしていたのでしょうね」

妖精が呪文書を取り出す。これはある魔法を解除するためのものだ。

「いいですか？　今から起こることはこの世の地獄なのですよ」

「でも、起こるはずだったことだ」

たとえ悪魔のそしりを受けようとも覚悟は決めている。

「それでは始めます……」

妖精は呪文書を読み上げる。魔王の文字が光を放ち、稲光が空に走っていく。出現したのは暗雲だ。真っ黒な雲が街を覆っていく……。

「ああ、もう戻れない。お花の蜜とか吸いながら、のんべんだらりと生きたかったのに」

妖精が悲しげに首を振っている。

「よし、城門に迎えに行こう。それで洞窟に行く」

鳴海《なるみ》は妖精を連れて走った。街に近づくと地響きや剣戟《けんげき》の音に交じって悲鳴が聞こえる。魔法の効果は絶大だった。

「モンスターたちが暴れています」

街にいるモンスターは教会が発行する従魔の魔法で奴隷にしていた。しかし、実はその魔法は魔王が作ったものだ。ゆえに解除の魔法も魔王は知っている。

それが先ほどの魔法の書だ。街の人間たちは闇の魔法を安易に使い、多くのモンスターを奴隷にした。住人以上のモンスターが街にいる。そんな数のモンスターが、従魔を解除されて一斉に暴れ始めた。

「ああ……」

鳴海《なるみ》は城壁に上ってその光景を見る。思わず目を背《そむ》けたくなるような光景がそこにあった。男は殺され、女は犯されるという野蛮で獰猛《どうもう》な行為だった。モンスターの宴《うたげ》だ。

そして、この狂乱の中で魔王が企《たくら》んだのは……。

城門に走ってくる四人の姿があった。鳴海《なるみ》はそれを確認すると城壁から降りる。

「先輩！」

フードを脱いだ渚《なぎさ》が叫ぶ。梨々花《りりか》と福永《ふくなが》、そしてもう一人の女性の姿。教会の祭りで鳴海《なるみ》と踊ったこともある彼女だ。教会に届け物をすると彼女と出会うことになっている。その依頼をこなしたのは、配達イベント未達成だった福永《ふくなが》だ。

「行くぞ」

鳴海《なるみ》たちは城門を超えて走る。

振り返ると、鎧《よろい》姿の騎士たち数人が追ってきたが、彼らの前にオークが立ちはだかり戦闘が始まった。しかし騎士たちは、あっさりとオークの前に倒れていく。

「私の、近衛《このえ》騎士たちが……」

「見ないで。そのまま走ります」

鳴海《なるみ》は彼女の手を強引に引っ張り走る。向かったのは洞窟だ。モンスターには遭遇せずにあの玉座へと到達した。

ここは――魔王の玉座だ。

三百年の時間を経て、魔王はここで復活を果たした。しかしその魔王はいない。復活と同時に殺されてしまったからだ。

そう、福永紅《ふくながこう》は魔王を倒してしまったのだ。

福永《ふくなが》に詳しく聞いたところ、この玉座に入ったと同時に角の生えた悪魔のようなモンスターが、魔法陣に出現したらしい。三百年の眠りから復活したとか、復讐《ふくしゅう》でこの国で一番大切なものを奪ってやるなどと叫び、その後に戦闘が始まったが、福永《ふくなが》はまったく歯が立たなかった。

「私を倒すには、世界各地を回ってアイテムを集める必要があるのだ」と、モンスターが余裕をかましていた瞬間、福永《ふくなが》はゲームでありえない動きをした。それがバグスキルだ。プログラムにない動きをして、福永《ふくなが》はモンスターの首をはねてしまった。

「きっとそこまでがプロローグだった。魔王が復活してこの国で一番大切なものを奪い去る。それを解決するのが俺たちプレイヤーのはずだった」

魔王が出現してから始まるゲーム。だが、このゲームは始まる前に終わってしまった。

「何が起こったというのですか」

威厳に満ちた声だった。彼女はフードつきマントを脱ぎ去る。そこに現れたのは青い瞳をした美しい女性、この国の宝と呼ばれるたった一人の姫君……。

渚《なぎさ》が、街がモンスターに襲われたことを説明する。

「……では戻ります。民が戦っているのに私が逃げるわけにはいきません」

渚《なぎさ》が後ずさる。彼女には人の上に立つ者の強さがあった。

「いいえ、それはできない」

姫君の前に鳴海《なるみ》は立ちはだかった。

「ここにあらせられるのは魔王様です。この国の宝であるあなたをさらいにきたのです」

妖精が気まずそうに目を逸《そ》らしている。

「でしたら殺しなさい。魔物に辱《はずかし》めを受けるくらいなら死を選びます」

姫君はこの状況でも凛《りん》としている。このまま強引にさらうか、それとも……。

「……人々は失いました」

鳴海《なるみ》は姫君に語り掛ける。

「有り余る食料と資源、多くのモンスターを隷属させました。そして剣は錆《さ》びつき、大理石の椅子によって肉体は衰えたのです。これは、もう一度人間たちに剣を握らせるための大きな試練。魔王の意思ではなく、世界の運命なのです」

姫君はじっと鳴海《なるみ》を睨《にら》みつけている。

「このままではこの世界の人間は緩やかに消えていきます。次の三百年後の魔王の復活まで持たないでしょう。ですからあなたの力が必要なのです。多くの血が流れますが、それは人類にとっては小さな犠牲。……ですから、どうかさらわれてください」

鳴海《なるみ》は彼女の前に膝《ひざ》をついて頭を下げた。

「運命ですか」

姫君はぽつりと呟《つぶや》いた。彼女自身感じていたのだろう。祭りなど城下に出て、怠惰な住人たちと触れ合い、剣を失ったことを知っている。

「必ず勇者たちがあなたを救いに行きます。そして魔王を血祭りにあげると約束します」

「え、そんな……」

妖精が目を丸くしている。

「いや、大丈夫だ。そうならないようになんとかする。絶対にお前は助けるから」

「本当ですか？　信じていいんですね」

そんなやり取りを見ていた姫君が小さく笑った。

「運命なのでしょうね。ずっと私はこの世界での自分の役目を考えていました。まるで誰かに操られたような行動と、同じような毎日。そんな檻《おり》から連れだしてくれるのを願ったことがありました。白馬の王子様でなくともいい、たとえ魔物でも、と……」

姫君は目を閉じた。

「それでは魔法陣を使って逃げます。魔王様が使っていた城があるので、とりあえずそこに」

妖精の指示のもと、鳴海《なるみ》は姫君の手を取り魔法陣へと誘導した。

「後は頼んだぞ、魔王様」

「一緒に来てくれないんですか？」

「何かトラブルがあったら連絡をちょうだい。絶対に飛んでいくから」

梨々花《りりか》が妖精の頭を撫《な》でた。

妖精と姫君が魔法陣に立つ。妖精が魔法の言葉を口にすると、魔法陣がぼんやりと光を放つ。

「それではお姫様、お元気で」

鳴海《なるみ》の前から、妖精と姫君が消えていく……。

これで詳細は違えど、条件は満たしたはずだ。世界を混沌《こんとん》へと導くためのプロローグが終わりを告げる。

*

「渚《なぎさ》や梨々花《りりか》が感じてたけど、この街はプレイヤーに親切でいて楽しい場所だと。俺が思うに、チュートリアルの街だ」

「確かに先輩の言うとおりかも。この街は最初にログインしたプレイヤーグループへのご褒美《ほうび》だったのかもしれませんね」

四人は街を歩いていた。モンスターに蹂躙《じゅうりん》されて荒れ果てた街がある。

街も人々もモンスターによって打ちのめされた。女性は凌辱《りょうじょく》されそのほとんどが連れ去られたという。子供たちは餌《えじき》となり、逃げられたのは体力のある大人の男程度だと。

そして、その混乱に乗じて姫君がさらわれたことが知れ渡った。

王と王女は病に倒れ、国の機能は崩壊した。どうにか立て直しを図ったのは大臣だった。彼は緊急事態として三百年ぶりに勇者の称号を復活させた。それはすべてレベルの高い冒険者が受け取れるもので、その称号があれば国や街を自由に行き来ができるというものだ。

ギルドでは依頼内容も変更された。祭りに使うウサギの肉の依頼は、兵糧《ひょうろう》のためのウサギの肉になり、薬草集めも戦いの準備としてだ。

「これから参加するプレイヤーも、チュートリアルはほぼ同じということですね」

「不幸な街から始まるけどな」

「でも、あのプレイヤーたちよりはマシだよね」

梨々花《りりか》がため息をつく。最初からログインしていたプレイヤーたちのことだ。結論からいうとプレイヤーに死者は出ていない。この姫がさらわれるイベントは、あくまでプロローグでありプレイヤーの身の安全は守られている。——肉体的には。

彼らのほとんどはこの街で生活を確立していた。恋人や友人を作り、さらに結婚まで。とても幸せな生活をしていたが——崩壊した。

恋人や妻は目の前でモンスターに犯され、殺されたかさらわれた。オークたちに連れ去られた女性たちの生存は絶望だ。オークは人間の女性を犯したあとに、焼いて食うとされている。取り返しに行こうにも、彼らにそんな力はない。

廃墟《はいきょ》の前に力なく座っているのが、そんなプレイヤーたちだ。街の人々は傷つきつつも立ち上がり、姫君を救ってくれる勇者を待ち望んでいる。が、勇者となるはずのプレイヤーたちの心はぼきりと折れたままだ。

「これからこの国はどうなるんだろう」

梨々花《りりか》が複雑な表情を街に向けている。鳴海《なるみ》は結末に興味はなかった。たった一つの真実は、この世界は自分がいるべき場所じゃないということだけ。

街の中央の広場に出ると、光の柱が見えた。

プロローグが終わりセーブポイントが発生している。

「戻っていいの？　あのお姫様といい感じになってたけど、助けなくていいのかな？」

梨々花《りりか》が皮肉っぽく笑う。

「それは別のお話だな」

仮想の姫君に興味はない。もしも自分に助けるべきお姫様がいるとしたら……。

「戻ろう」

鳴海《なるみ》は梨々花《りりか》の背中をぽんと叩《たた》いた。

「繊細でリアルな世界だった。でも、やっぱり現実の缶コーヒーが恋しい」

「先輩はかっこつけしいなんだから」

渚《なぎさ》がくすくす笑う。

「福永《ふくなが》も、戻るでいいな」

「うん」

鳴海《なるみ》はもう一度崩壊した街に視線を向けた。たとえ仮想だとしても胸がとても苦しい。自分が作りだした絶望と破壊の光景だ。

「……間違ってたのかもな」

鳴海《なるみ》は呟《つぶや》いた。たとえ理性的な行動であっても正しくなかったとしたら。現実でもそんな冷たい行動を繰り返したために、自分は孤独になったのではないか……。

「間違ってないよ。鳴海《なるみ》君は正しいことをやったの」

向き直ると、梨々花《りりか》が微笑《ほほえ》んでいた。

「バーチャルって夢を見ているようなものだって。リアリティを出すために、人間の意識レベルを下げているの。現実に戻るとこっちの嫌なことなんて忘れちゃう」

鳴海《なるみ》は梨々花《りりか》と一緒にセーブポイントに入った。

「だから、ここで言っておく。君はとってもかっこよかったって」

四人は仮想の世界に別れを告げた。

——ログアウト。

5　インターミッションB

目を開けるとコンクリートの天井が見えた。

起き上がろうとしたが、体がまったく動かない。全身に麻酔をかけられたかのように鈍い。ベッドの上で、鳴海《なるみ》の体は意思に反して無秩序な動きを繰り返す。

「ああ、そうか……」

ここは現実だ。自分は現実の世界に帰還を果たしたのだ。仮想の動きに脳が慣れすぎて、体が操作できない。たった一週間ほどで現実の世界が偽物《にせもの》になってしまった。

「俺の言うことを聞け。……まずは足の小指から」

鳴海《なるみ》は焦《あせ》らずに、体を現実の空気に慣れさせる。仮想よりも汚いこの空間だが、まぎれもなくここが本物だ。

《あっ、お目覚めですか？》

渚《なぎさ》かと思ったが違う。どうにか体を起こすと、机の上に妖精が座っていた。

「なんだと……」

まだ仮想世界の中にいたというのか。だが、その妖精は電池を抱えていた。

「お前か。びっくりさせるなよ。なんでここにいるんだよ」

《様子を見てくるようにって、梨々花《りりか》さんに頼まれましてね》

「だからって、勝手に電池を食うなよな」

頭をくらくらさせながら、鳴海《なるみ》はやっとベッドから体を起こした。出窓が一つあるだけのコンクリート打ちっぱなしの部屋だ。ここは鳴海《なるみ》が一人暮らしをする学校の寮だ。

《ゲームは一日何時間って決めてやったほうがいいですよ》

「同感だよ」

仮想世界は毒だ。長いログインは体の筋肉をそぎ落とし、精神も現実から剝離してしまう。タブレットを操作し授業を確認する。この学校の授業の大半が選択制で、毎日律儀《りちぎ》に教室に通う必要はない。それでもクラスという枠組みは存在する。

「第五講義室か」

もうすぐ昼だ。今から行っても遅いだろうか。貯金箱代わりのコーヒーカップを見たが、中には小銭しか入っていない。とりあえず鳴海《なるみ》はワイシャツだけ着ると、タブレットを持って部屋から出る。妖精は鳴海《なるみ》の肩にしがみついている。

扉を開けると蟬《せみ》の鳴き声が聞こえた。薄っぺらい板チョコレートのような三階建てが鳴海《なるみ》の寮だ。鉄柵は錆《さ》びて壁にはひびが入っており廃墟《はいきょ》のようだ。この寮には鳴海《なるみ》を含めて三人しか住んでいないので、廃墟《はいきょ》といっても間違いではない。

三階から降り、うっそうと緑が茂る雑木林を迂回《うかい》し校舎へと向かう。仮想世界も夏だったが、こっちの夏は日差しも熱も不快だ。弱った体をじりじりと焼かれ、肉体のある世界に戻ったことを実感する。広大な敷地《しきち》をのろのろと横断して、やっと校舎にたどり着いた。

玄関に入るとひんやりした空気が鳴海《なるみ》を包み込んだ。生徒たちがホールで談笑する光景がある。この学校には多くの生徒がいるので、ほとんどが顔を知らない。そんな莫大《ばくだい》な人数を管理するために、クラスや委員会、部活や同好会などの枠組みがいくつも存在するのだろう。

エスカレーターで三階に上がり、第五講義室の扉を開ける。すでに授業が始まっており、鳴《な》海《み》は後部座席に座って講義を聞く。タブレットの認証センサーが反応し、遅刻扱いだが出席が認められたようだ。

だたっ広い講堂には四十人ほどの生徒がいる。中級プログラミングの授業だったが、ほとんどが教師の雑談だ。本格的な授業はネットを介してやったほうが効率がいいのだ。講師の言葉のほとんどは耳に入ってこなかったが、それでも鳴海《なるみ》は穏やかな気分になった。安全な場所にやっと帰還したという気持ちだった。

前方の席に梨々花《りりか》の姿が見えた。彼女は講師の雑談を笑いながら聞いている。ゲームから帰還したばかりで、なんて自然な笑みを浮かべられるのだろう……。

「……それって動くフィギュア？」

顔を上げると隣に座る女子が、妖精を見つめていた。

「鳴海《なるみ》君ってそんな趣味があったの？」

「えっと、新作の時計なんだ。それでモニターになってて……おい、いま何時だ」

妖精を小突いたが、ぐにゃっと倒れたまま反応しない。

「あはは、ただの人形じゃん。今日の夜、花火大会の話し合いがあるからルームに来てね」

「バーチャルルーム？　バーチャルは苦手というか、こりごりなんだよね」

チャイムが鳴り授業が終わった。彼女は鳴海《なるみ》に小さく手を振って席から離れていく。微妙に鳴海《なるみ》は生徒たちの視線を集めていた。所属するサークルが生徒会に崩壊させられたことを知っており、興味や同情、嘲《あざけ》りなどの感情を集めている。

サークルがあんなことになる前は、鳴海《なるみ》の周囲には友人がいたような気がする。情報交換や雑談など。しかし今は他人行儀な距離を置かれている。先ほどの彼女ももしかしたら、落ちぶれた鳴海《なるみ》に話しかける優しい私、をクラスメイトにアピールするために話しかけてきたのかもしれない。いや、それは考えすぎか……。

前方を見ると、梨々花《りりか》が生徒たちと話している。彼女の周囲にはいつでも人がいた。裏側でデスゲームをやっていることなど周囲の友人は知らないだろう。

《ご飯に行かないんですか？》

妖精が今頃話しかけてくる。

「金がないんだよ。それよりてめえ裏切りやがったな」

「あ、ベスを連れてきてくれたの？」

鳴海《なるみ》に気づいた梨々花《りりか》が寄ってくる。

「あ、この妖精のことか」

「よかったら、ご飯一緒に食べる？」

梨々花《りりか》はランチボックスを取り出した。開けると中には小さなサンドイッチが入っている。

周囲の生徒たちはそれぞれグループを作って、その場で弁当を広げたり食堂などに移動していく。ほとんどの生徒は決まったグループに属しているが、梨々花《りりか》は自由だった。気分によって気軽にどこかのグループに入っていく、という自由な立ち位置であり、そんな行動がクラスに受け入れられている。

「じゃあ、遠慮なく」

ツナサンドを食べてみると、胡椒《こしょう》がきいていてとてもうまい。

「食欲なかったけど、このサンドイッチおいしいな」

「そうでしょ、そうだろうとも」

「きっと、かわいらしい女の子が作ってくれたんだろうなあ」

「うん、購買のおばちゃんかわいいよね」

「ん、手作りじゃなかったんだ？」

「だって、そんな時間があるわけないじゃん。カットして手作り風を装《よそお》っているだけ。女の子だから購買のパンを食べてるのは、ちょっと惨《みじ》めな雰囲気もあるし。クラスの人気者だからイメージもあるしね」

「リカってどんな話をしてるんだ？　かわいーみたいな非生産的な会話？」

「それが重要なの。へー、すごいね、それで？　みたいに共感を得るの。会話は星占いとかラッキーな血液型とかが女子向けかな」

……星座や血液型。女子はクラスやサークルだけでなく、さらにそんな要素で自分たちを管理しようというのか。いや、生徒たちは冷酷なゲームの中に身を投じているのだ。

いかにして有能な自分をアピールするか。学校生活を楽しんでいることを見せ、どれだけクールなグループに属するかを競い合う。持久力と耐久力を必要とするゲームは学校を卒業してからも続く。恋人を作り家庭を築き、さらに子供を使って他者と競うゲーム……。

「なんか面倒だな、この世界は」

*

午後の授業は必修ではなかったので、二人は校舎を出て部室に向かった。

扉を開けると、すでに須野原《すのはら》と渚《なぎさ》の姿があった。

「先輩たち、もう授業に出たんですねえ」

渚《なぎさ》は授業をさぼったらしい。ただ、VR慣れしているだけあって、後遺症などはほとんどなかったようだ。

「ゲームの経過はナギに聞いたよ。大変だったようだな」

「それでさ、賞金のほうはどうなってる?」

「あのゲームはクリアしないと手に入らないシステムのようだな」

つまり、金銭的には意味がなかったということだ。それでも多くの人間を助けられたのでよしとするべきか……。

「ちなみに、あのゲームにはうちの学校の生徒も参加していたけど、戻ってきたのが半分。やっぱり仮想酔いに苦しんで寝込んでいるようだ」

「半分って？」

「残りは未《いま》だに中にいる。大切な人が死んでただ悲観しているだけだ」

仮想世界のNPCの死に心を痛めているのだろう。ゲームから帰還した人間の心の傷も深そうだ。精神的に壊れた人間もいるかもしれない。

「それでもああやるしかなかったな。幸せなプロローグを強制的に終わらせる必要があった」

須野原《すのはら》がパソコンでゲーム情報をまとめている。

「あれからどうなったか、わかるか？」

「ああ、ナギが魔王からアクセスコードをもらってきたからな。国王は姫君を奪還した勇者に褒賞《ほうしょう》を出すと宣言した。姫君は魔王城で意外に生活を楽しんでいるみたいだな」

異世界の物語も動きだしたようだ。

「ただ、魔王が文句たらたらで、協力要請のメールがたくさん来ている」

「うーん、あの子、放っておけないから機会を見て行ってあげようか」

梨々花《りりか》は異世界の妖精も気になるようだ。強引に魔王に据えてしまった責任もある。敗北が決まっているにしても、防衛体制は整備したり、ダンジョンでも作ってやるべきか……。

「まあ、次の話をしましょうよ」

渚《なぎさ》が割って入った。次の話とはもちろんゲームのことだ。

「このゲームに参加するか否《いな》か」

渚《なぎさ》が『切り刻まれた悪魔《デビル》』のタロットカードを見せた。生徒会から提示されたハイリスクのゲーム。……危険だと思った。致死率一パーセントのゲームでさえ鳴海《なるみ》は死にかけた。異世界RPGもプロローグの段階であのトラブルとなった。

「メンバーは四人だろ。まずはあいつを探しだして確認する必要がある」

異世界RPGでの唯一のリターン。彼女に接触する必要がある。

「じゃあ、さっそく手分けして探しましょう」

渚《なぎさ》が部室を出ていく。すでにゲーム参加を決断しているようだ。

「とりあえず、私たちも探しに行こう」

鳴海《なるみ》と梨々花《りりか》も部室を出る。メールアドレスを知らない相手を探すのは労力だ。ただでさえこの学校の敷地《しきち》は広い。高等部だけでなく、中等部や大学などもあり、ちょっとした学園都市のようになっている。

「VR設備がある場所とかかなあ」

「さすがに今日ぐらいは休むんじゃないか？」

しばらく周辺を歩き回ったが、福永《ふくなが》の姿は見つからない。

福永紅《ふくながこう》は有名人だがプライベートは謎に包まれている。鳴海《なるみ》たちと同じく寮生活だが、他の生徒のようにロビーに集まって駄弁《だべ》っていることもない。須野原《すのはら》の調べでは、図書室やトレーニングジム、コンピュータールーム、旧校舎の屋上など、様々な場所に出現するらしい。

「なあ、ペス。あいつの匂いをたどってくれ」

《いいですよ。ベスですけどね》

鳴海《なるみ》の肩にしがみついている妖精が、あっさりとうなずいた。

《この学校には莫大《ばくだい》なセンサーがカメラが設置されています。そのシステムにアクセスすればいいのですから》

それは違法行為ではないかと思ったが、よく考えたらこいつ自体が違法だった。

《……ん？　旧校舎の北側の階段へ。ちょっと急いだほうがいいですよ》

いきなり妖精がそんなことを言った。鳴海《なるみ》と梨々花《りりか》は顔を見合わせながらも、とりあえずその場所へと走る。

人気のない旧校舎へ入ると、誰かが争っているような声が聞こえた。

「やめてください！」

その声を聞いた鳴海《なるみ》はダッシュする。一階の階段に走り出た鳴海《なるみ》は、はっと立ち止まった。

体を隠すようにしてうずくまる渚《なぎさ》の姿がある。その前に立っていたのは、大きなマスクをした男——道明寺《どうみょうじ》だった。

「先輩、来ちゃ駄目！」

立ち上がろうとした渚《なぎさ》だが、すぐにしゃがみこむ。よく見ると制服のシャツが裂かれていた。梨々花《りりか》が道明寺《どうみょうじ》が持つカッターナイフに気づいて息をのむ。

「……落ち着け、何をやってるかわかってるのか？」

語り掛けると、彼はギラリと血走った目を向けた。

「こうなったのはお前らのせいだ」マスクのせいで声がくぐもって聞こえる。「まずは、こいつをボロボロにしてやるよ」

道明寺《どうみょうじ》はうずくまる渚《なぎさ》の前に立っている。組み伏せるにしても渚《なぎさ》が危険だ。こんなときはどうすれば最善だ……。

「よせよ、ゲームで失敗したかもしれないけど、お互いに無事だったんだ」

あることに気づいた鳴海《なるみ》は、道明寺《どうみょうじ》を触発しないように呼び掛けた。今はやつの注意をこちらに向ける必要がある。

「勝敗があるにしろ、ゲームが終わればノーサイドだ。な、とにかく刃物を捨ててくれ」

「うるせえ！」

道明寺《どうみょうじ》がこちらに向かって叫んだ、と、同時だった。

階段の踊り場からひらりと彼女が舞った。

鳴海《なるみ》は一瞬だけ、ふわりとめくれるスカートに目がいってしまった。だが、次の瞬間には道《どう》明寺《みようじ》が吹っ飛んでいた。

「福永紅《ふくながこう》」

踊り場から飛び降りたのは福永《ふくなが》だった。彼女は道明寺《どうみようじ》に回し蹴りをして、スカートを押さえながらすとんと着地した。

唖然《あぜん》としていた鳴海《なるみ》は、転がるカッターナイフを拾うと、開いていた窓から投げ捨てた。

「先輩！」

同時に渚《なぎさ》が胸に飛び込んできた。道明寺《どうみようじ》が倒れたまま泣いているのが見えた。福永《ふくなが》に蹴り飛ばされて正気に戻ったようだ。

「もう大丈夫だよ、渚《なぎさ》」

震える渚《なぎさ》を抱きしめると、我に返って真っ赤な顔になる。

「リカさんと間違えました」

渚《なぎさ》は鳴海《なるみ》を突き飛ばすようにして離れると「怖かった」などと言いながら、今度は梨々花《りりか》に抱きしめられている。なんなんだこいつは……。

「……とにかく、助かった」

鳴海《なるみ》は福永《ふくなが》に向き直った。出会いがビキニアーマーだったので、制服姿の福永《ふくなが》が新鮮に感じてしまう。

「ちょうど福永《ふくなが》を探していた」

「私も、あなたたちを探していた」

ゲーム参加の確約を守ってくれるようだ。

「その前に、危険なゲームに身を投じる理由が知りたい」

「理由が必要？」

福永《ふくなが》は鋭い視線をこちらに向ける。

「……でも、知りたいです」梨々花《りりか》の胸の中で渚《なぎさ》が言った。「たとえば僕はサドンデスに消えた姉を探しています。だからゲームに参加をしたい」

渚《なぎさ》から直接聞いていなかったが、すでにその理由は知っていた。須野原《すのはら》が渚《なぎさ》に姉がいることを調べたのだ。そして彼女が行方不明となっていることも。

「そして梨々花《りりか》さんにも理由があるんです。協力するなら信頼できる理由がほしいんです」

「……理由は、それ」

福永《ふくなが》は鳴海《なるみ》の肩の妖精を指さした。

「私はこの処刑タロットの制作者を探してる。そして、すべてのカードをそろえると出会えることを知った」

福永《ふくなが》が梨々花《りりか》に向く。彼女は梨々花《りりか》の『溺死する死神』を知っている。梨々花《りりか》のゲームはすべてのタロットを集めるまで終わらないことも。

「目的は復讐《ふくしゅう》。言えることはそれだけ」

福永《ふくなが》の瞳が静かに燃えていた。

「だから、私はあなたを守らなきゃいけない」

いきなり階段に笑い声が響いた。それはうずくまっていた道明寺《どうみょうじ》のものだ。

「てめえらなんか、あのゲームで死ねばいいんだよ！」

立ち上がった道明寺《どうみょうじ》を見て、鳴海《なるみ》は後ずさった。

彼のマスクが外れていた。あのマシーンに斬られたのだろう、まるで口裂け女のような傷があった。縫われた傷口が開いたのか、口が血で真っ赤になった。

「これがお前たちの未来だ」

6 切り刻まれた悪魔《デビル》

「基本的にはサドンデスルールに準じます」

鳴海《なるみ》の目の前に金髪の女性が立っている。椅子に座って次のゲームの説明を受けていた。真っ青な空と真っ白な大地。北極《ほっきょく》の広大な氷が視界に広がっている。

すでに鳴海《なるみ》はカプセルユニットに入っており、ここは仮想フィールドだ。このような仮想世界があれば対話する場所を用意する必要がない。ネットは物質の空間の奪い合いの愚かさを、人類に教えた。

「他人を直接傷つけるペナルティとして罰金があります」

直接傷つけるという婉曲的《わいきょくてき》な言い回し。そして罰金程度のペナルティ。

「今回はチームという概念があり、現地にてガイドのフォローが受けられます」

四人チームでのゲーム。あの三人は危険なゲームにためらいもなく身を投じた。命をかけるだけの確固たる目的を持っているのだ。しかし自分はその覚悟があるのか……。

島で体感した心臓を握りつぶされるような恐怖。仮想のRPGでは下手《へた》をすれば現実に戻ってこられなかった可能性がある。今回はさらにリスクのあるゲームだ。本当にやる必要があったのか。鳴海《なるみ》が得られるリターンは、社会で地道に働けば得られるものだ。

しかしこのまま逃げると、もうこのゲームには参加できない。渚《なぎさ》や梨々花《りりか》とも別の道を歩むことになるだろう。そして真実は見えない。

「今回のゲームのジャンルはカードゲームです」

「カードゲーム？　だったら別の場所に移動しなくても教室でやればいい」

「カードゲームは自由な世界です。たとえば最強のAが最弱の2に負けることもあるように、上も下も左も右もない場所」

その言葉は何かのヒントだろうか。

「すべてのカードゲームのパターンは解析されています。しかし、そこに人間がプレイするという要素が加わると、莫大《ばくだい》なカオスが発生します」

「このゲームはなんなんだ」

「公共事業のようなものと考えていただければいいかと。私たちはゲームフィールドを作り活用しています。かつて金食い虫と揶揄《やゆ》され廃墟《はいきょ》となった場所とは違います。そして重要なのは情報です。人間の行動はカオスでいてとても奥深い……」

空間が溶けていく。浮遊した感覚があり、鳴海《なるみ》はいったん体の感覚を手放す。

目を開けると、あの狭いカプセルの中だった。移動にどれくらいかかったのか、今度はどこに運ばれたのか。扉を開けた先は現実なのか、それとも仮想空間か。

鳴海《なるみ》は息を吐いてからドアを開ける。同時に湿った風が鳴海《なるみ》を包みこんだ。

「…………」

まず見えたのはうっそうと茂る草木だった。風が吹き葉が擦《す》れる音がする。振り返ると高い金網のフェンスが延びている。このフェンスのこちら側がゲームフィールドだということか。

海とバーチャルの次は深緑の樹海か……。

空を見るとすでに赤く染まっている。小さな羽虫にまとわりつかれ顔をしかめる。須野原《すのはら》までいかないが鳴海《なるみ》も虫は苦手だ。さらに背後から大きな羽音がしたので、手で振り払った。

《わっ》

払われた羽虫が声を上げたので、目を丸くして振り返る。飛んでいたのは妖精だった。ということはここは仮想世界か……いや、違う。馬鹿なほうの妖精だ。

「なんでお前がここにいる」

こいつはゲームについてこないんじゃなかったのか？

《なんかゲームのガイドらしいです。よかったですね、他のチームはイヤホン型とか味気のないフォローみたいですよ》

「俺もイヤホンがよかったな」

《またまた、そういうこと言っちゃって》

妖精と会話していると、がさがさと茂みが揺れる。顔を出したのは渚《なぎさ》だった。

「よかった、はぐれたかと思いました」

その後、梨々花《りりか》と福永《ふくなが》とも合流することができた。

「ベスが来るなんて初めてだね」

梨々花《りりか》は妖精を肩に乗せて笑っている。こんな状況でも彼女の表情は教室と変わらない。

梨々花《りりか》と福永《ふくなが》は制服のブレザー姿、渚《なぎさ》はジャージという緊迫感のない服装だ。
《まずはそこのスチールケースを開けてください》
茂みを探してみると銀色のケースがあった。開けると、小さな虫よけスプレーとナイロン製の小さなポーチが一つ入っていた。ポーチの中には何もない。
《この中にアイテムを入れ、ゲーム中に使用したり、勝利後に持ち出したりします。ポーチは梨々花《りりか》さんが持っていてください。あなたはホルダーです》
こんな小さなポーチに何が入るのかと思いながら、鳴海《なるみ》はポーチを梨々花《りりか》に渡す。
《アイテムは五枚セットとだけ覚えておいてください。私はゲームに同行し、相手の情報を読み取るレーダーの役目を担《にな》いますが、あなた方の味方ではありません。ゲームクリアの条件は鍵を見つけることです。鍵が出現すればすべてのプレイヤーはアイテムを持って脱出でき、鍵を手に入れたプレイヤーはボーナスがあります》
しばらく待ったが、説明が終わったのか妖精はそれ以上喋《しゃべ》らない。食べ物や飲み物がないということは、短期脱出系のゲームなのだろうか。いや、そんな思い込みはよくない。
横では渚《なぎさ》が、梨々花《りりか》と福永《ふくなが》に虫よけスプレーを吹きかけている。
ゲームクリアの条件は鍵だ。つまり基本は脱出系のゲーム。そして当然ながら多人数型だ。のんびりアイテムを探すゲームではない。もう夕方だが、今から動くべきか……。
「まず俺たちの役割分担を決めよう。俺はゲームを攻略する頭脳《ブレーン》となる」

梨々花《りりか》と渚《なぎさ》が小首を傾《かし》げて考える。

「潤滑油です」

「私は、クラスでも人間関係を円滑にする役目というか……潤滑油？」

このグループは油まみれか。

《かわいいマスコットです》

「福永《ふくなが》は？」

鳴海《なるみ》は妖精を無視して福永《ふくなが》に向く。

「私は、武力」

「でも、今回のゲームはVRじゃないし、それだとただの女の子だよな」

「そんなことは、ない。仮想ボディーの操作は、そのまま現実へも持ち越せる」

鳴海《なるみ》はちらりと渚《なぎさ》を見た。

「……という説もあるんです。仮想でしか鍛えられない神経があるらしくて。それより、どうしましょうか」

渚《なぎさ》が鳴海《なるみ》にも虫よけスプレーをかけながら聞いた。梨々花《りりか》と福永《ふくなが》もこちらを見ている。武力と油たちは鳴海《なるみ》の指示に従うようだ。

「動こう。でも少しだ。野営する安全な場所を探しながら状況を確認したい」

四人はフェンスを背中に歩きだす。木々に日差しが遮《さえぎ》られ、草はほとんど生えていないので歩きやすくはある。スギやヒノキやブナなどがあるが、どのへんの地域なのだろうか。傾斜がほとんどないので山岳地帯ではないようだが。

「夜になったら怖そうだね」

デスゲームに参加しても、梨々花《りりか》は夜の森は怖いらしい。

「とりあえず食料でしょうか。水がないほうが怖いっていうか」

渚《なぎさ》はすでに長期戦を予測している。ときおり立ち止まって耳をすますが人の気配はない。他のチームは離れた場所にいるのだろうか。と、いきなり妖精が耳元で囁《ささや》いた。

《発見しました》

鳴海《なるみ》は三人を制して周囲を見回す。何があるというのか……。

慎重に周囲を窺《うかが》うと、木の幹にきらりと何かが光った。――カードだ。

カードにセンサーがついているのか、わずかに光が点滅している。

《ちなみにカードを手に取った時点で所有物となります。廃棄はできず、他プレイヤーに押しつけるかコンプリートする以外の方法はありません》

「……取ってみよう」

鳴海《なるみ》は三人に断ってからカードを取る。このゲームは動かねばわからない。

「水のボトル、ですね」

覗《のぞ》き込《こ》んだ渚《なぎさ》が首を傾《かし》げる。カードにはペットボトルとダイヤのマークが描かれていた。

《カードはホルダーに入れて管理してください》

鳴海《なるみ》はカードを梨々花《りりか》に渡す。この小さなポーチはカードホルダーなのだ。

推測するに、このようなカードがフィールドにたくさんあるのだろう。鳴海《なるみ》たちはさらに周辺を探す。すると様々なカードが手に入った。ペットボトルやパックゼリー飲料、ブロックッキーや飴玉《あめだま》などが描かれたカード……。そのうちに周囲が暗くなっていく。

「あっちに明かりが」

福永《ふくなが》が森の中を指さした。よく見ると木々の間がわずかに明るい。カード探しをしていた二人を呼び寄せ移動する。しばらく歩くと電話ボックスのようなものが見つかった。大きめの直方体の箱に扉がついている。

「……トイレだ」

扉を開けると便座があった。それを知って、梨々花《りりか》と渚《なぎさ》が安堵《あんど》した表情を浮かべる。

周辺はトイレを置くためか少しだけ整地されていた。夜になって動き回るのはまずい。もしかしたらゲームサイドすら意図しない危険があるかもしれない。

「今日はここで野営するか……ん？」

トイレの壁にもカードが貼ってあった。すでに慣れた手つきでそのカードを手に取った瞬間、妖精がいきなり声を発する。

《コンプリートしたカードがあります》

四人は顔を見合わせる。この手探り状態のゲームの中で、何かが起きると身構えてしまう。皆が固まるなか、福永《ふくなが》がいち早く何かに気づいた。

「……リカ、こっちに」

鳴海《なるみ》は突っ立つリカを呼び寄せる。彼女の息遣いに混じって何かが聞こえた。それは羽虫のような耳障《みみざわ》りな音……。福永《ふくなが》が視線を上に向ける。何かがいると警戒している。

がさっ、との音は上だった。

「下がって！」と、福永《ふくなが》が声を上げ、鳴海《なるみ》は梨々花《りりか》を引っ張り後ずさる。と、同時に地面に何かがバウンドした。動物か、と、鳴海《なるみ》はその何かの次の動きに身構える。

「……ん？」

ごろりと足元に転がっていたのはペットボトルだった。一呼吸待ってからボトルを拾う。メーカーはわからないが、水のペットボトルだ。

「ドローン、ね」

福永《ふくなが》が木々で覆われた空を指さす。ドローンがペットボトルを落としたのだと気づいた。そして鳴海《なるみ》の思考は次に移る。今の行動は悪意があるものなのか否《いな》か。頭上からの攻撃なのか、それとも……。

鳴海《なるみ》は手に持ったカードを見た。それにはペットボトルが描かれている。

「……そうか、具現化なんだ」

＊

四人は小さな火を囲んでいた。

鳴海《なるみ》が持ち込んだろうそくの小さな火だ。スマホや金属製のツールなどは禁止だったが、最低限のサバイバルツールは持ち込めていた。

「まず、こいつは役立たずだから、自分たちでルールを知るしかない」

《私はゲームにフェアなだけです》

妖精は梨々花《りりか》の膝《ひざ》に座っている。

「今回のゲームも、基本は『炎上する塔《タワー》』だ。アイテムを集めて脱出する。だが、少し違うのがこのカード」

なぜペットボトルが落ちてきたか、それはこのカードが理由だ。

「鳴海《なるみ》君が五枚目のペットボトルカードを手にしたからってことだね」

梨々花《りりか》たちもすでに気づいている。これは五枚集めると具現化する。

《そのカードはもう反応しませんので、廃棄してかまいません。所持していても所有枚数にはカウントされません。そのアイテムが必要なら、新たに発掘《マイニング》する必要があります》

鳴海《なるみ》はカードをろうそくにかざした。カードの中に入っていたチップが音を立てて燃える。

「今のところ見つかったのは食料ぐらいだ。でも、これからきっと換金可能なアイテムが手に入ると思う」

カードの発掘、それがこのゲームのリターンだ。そしてリスクは……。

「手分けして集めてもらったカードの中に、気になるものがあった」

鳴海《なるみ》に促され、梨々花《りりか》がホルダーからカードを取り出した。そのカードには虫が描かれている。鳴海《なるみ》たちの嫌いな不潔な虫だ。

「食料はダイヤマークだけど、このカードにはクラブマークがついている」

トランプのようにマークが割り振られている。その意味はなんなのか。

「僕、それ嫌いです。どんなに殺虫剤が進化しても死に絶えませんねえ」

渚《なぎさ》がぶるっと体を震わせた。

「とりあえず五枚コンプリートはわかったけど、となると他のチームと競争になるのかな。いかにして先に五枚集めるかって」

梨々花《りりか》が疑問を口にする。

「チーム数にもよるけど、重要なカードはばらける可能性が高いな。もしも鍵のカードが多くのチームで持ち合いになったらなかなかゲームが終わらない。とにかく五枚集めて具現化することだけど……それにしてもあんなに早くボトルが降ってくるなんて」

「ドローンの配達はすでに活用されてますからね。きっとこの近辺に発着所があると思います。

基本的にドローンの発着所はビルの屋上のような高所で、周辺の座標シグナルをフィードバックしながら飛びます。おそらく四枚集まった時点で飛ぶ準備ができてたんだと思います」

この森は混沌《こんとん》としているようで、座標を管理されたスマートフィールドなのだ。

「とりあえず、これ分けましょうか」

渚《なぎさ》たちがペットボトルを回し飲みしている。夕方からの活動とはいえ喉《のど》が渇いていた。脱出のキーを集めるために活動するには、水と食料が必要だ。

「先輩もどうぞ。でも、間接キスになっちゃいますからね」

渚《なぎさ》が鳴海《なるみ》に両手を出すように促し「はい」と、手のひらに水を注いだ。

なんだこの扱いは。渚《なぎさ》もペットボトルに口をつけていたというのに……。もっとアイテムを集めるしかないと、鳴海《なるみ》は手のひらの水を飲みながら思った。

四人は木に寄りかかりながら夜をやり過ごす。風で木々が揺れるたびに体が反応してしまう。バーチャルの世界が構築されたこの時代においても闇は恐怖だ。

いつの間にか四人は寄り添うように集まっていた。そのまま浅い眠りと覚醒を繰り返して朝を迎える。寝つけず、なんだか体中の筋肉が痛い。

「……すごい霧」

目を覚ました梨々花《りりか》が森を見つめている。木々の呼吸が霧となって漂っている。

『ペーパー持ち出し禁止』との張り紙があるトイレで用を足してから行動開始する。

カード集めは順調だった。水や食料は順調に集まり具現化を繰り返した。

「先輩、すごいカード見つけました。銀貨ですよ」

カードを持った渚《なぎさ》がはしゃいでいる。金貨や銀貨などのカードも発掘されていた。

「……あっちに戻っていく」

福永《ふくなが》が空を指さしている。ブロッククッキーの箱を落としたドローンが戻っていく。その先に発着場があるはずだ。

「あっちに行けってことかもしれないな」

カードは木の幹や茂みの中など様々な場所から発掘されたが、規則性がある気がした。カードを見つけながら歩くとドローンが戻っていった方角に向かっている。つまり誘導されている。

鳴海《なるみ》たちはカード発掘と休憩を繰り返しながら移動する。

「武器のカードがないのはプラス要素ですね」

渚《なぎさ》は手に入れた塩飴《あめ》をなめながら歩いている。

「いや、ある程度あったほうが暴力沙汰にならないんだよな」

たとえば弾丸入りの銃が各チームに配られたとしたら、素晴らしいマナーのゲームとなることだろう。銃は誰も撃つことはない。重要なのは抑止力だ。

「……あ、カード」

梨々花《りりか》が、木の幹に張りついていたカードを手に取った。

「はずれだった。クラブのマークのやつ」

今まで集めてきたほとんどのカードはダイヤのマークだった。食料やコインなど。そんなプラスのものはダイヤのカテゴリーということではないか。

ではクラブのカテゴリーは……。

《コンプリートしました》

四人は顔を見合わせる。梨々花《りりか》がホルダーからカードを取り出すと、あの虫のカードが五枚そろっていた。空から微《かす》かに羽音がする。——ドローンだ。

「まて、落ち着け」

鳴海《なるみ》はごくりと唾《つば》を飲み込んだ。まさか……。

空から何かが降ってくる。

「ひゃあああ！」

渚《なぎさ》が悲鳴を上げて鳴海《なるみ》に抱きつく。梨々花《りりか》はその場で腰を抜かし、福永《ふくなが》は素早い反応を見せてその場を走り去った。

「うわあ、こっちくるな」

鳴海《なるみ》は渚《なぎさ》を受け止めながら、足元を這《は》うそれから必死で逃げる。

「体に入ってません？　見てください」

シャツをめくってやると渚《なぎさ》が悲鳴を上げ、さらにパニックになる。

「わー、もう、脱がさないで下さいよぉ！　でも、ちゃんと調べて！」

降ってきたのはゴキブリだった。鳴海《なるみ》は、混乱する渚《なぎさ》と腰を抜かす梨々花《りりか》を引っ張って、その場から逃げる。すでに福永《ふくなが》はその場を離れて木の陰から様子を窺《うかが》っていた。

「……なあ、武力の出番だっただろ」

「虫は苦手」

福永《ふくなが》の前では、梨々花《りりか》が半泣きで息を切らしながら五枚のカードを持っている。これが原因だ。カードに描かれた気色の悪い虫が具現化されのだ。つまりマークに関係なくすべてが具現化されるということだ。

「あのカードはペナルティだ」

これはカードを集めるゲームだ。ペナルティを回避しながら鍵を探す。しかしその途中で必ずペナルティが溜《た》まるという……。

「でも、虫程度でよかったですよね」

「うん、確かにそうかも」

渚《なぎさ》と梨々花《りりか》が空元気を出している。

「……いや、重要なのは本当に起こるってことだ」

これは警告だ。すべてのペナルティが具現化されるという警告……。

「おそらくダイヤマーク以外はペナルティだ」

鳴海《なるみ》は握ったカードを梨々花《りりか》に見せた。先ほど逃げる途中に偶然に見つけ、手に取ってしまったカードだ。

ジョーカーマークのカードには『炎上する塔』で見たあのマシーンが描かれていた。

*

『恐怖のG』クラブ　☆　不衛生で黒光りする虫。

『鉄球A』スペード　☆☆　軽めの鉄球。頭に当たると危険。

『汚水』ハート　☆☆　とても臭い液体です。付着した服は脱ぎましょう。

『デスマシーン』ジョーカー　☆☆☆☆☆　四本の腕を持つ悪魔。


「これで五つのマークのカードに触れたことになる」

四人は対話していた。やはり思ったとおりダイヤ以外のマークは罰則だった。

「なんとなくのイメージでわかれているんでしょうか」

「でも、そんなに怯《おび》える必要はないと思うよ。汚水がかかったって、ねえ。それにコウちゃんの反射神経がいいから大丈夫じゃない。あのときもすぐに気づいたし」

他人との距離が近い梨々花《りりか》は、すでに福永《ふくなが》のことを名前で呼んでいる。

「こいつ真っ先に逃げたけどな」

だが、この暴力的な女にも弱点があるのだと思うとホッとする。とりあえず手持ちのペナルティカードは一枚ずつだ。同種のカードが五枚集まるとペナルティが発動する。となると、やはり『デスマシーン』は完成させてはならない。

「あのマシーンは、ちょっと、あれですよね」

渚《なぎさ》も前回のゲームを回想している。プレイヤーの胸をぶっ刺したシーンがよみがえる。

《デスマシーンはライオンの動きを基準《ベース》に制作されたものです。通常は二足歩行《バイペダル》ですが、四足の走行モードでは雌ライオンの1・3倍の速力が出ます。農村部における害獣対策に制作されたマシーンです》

クマとも戦えるマシーンが、このゲームに参入しているというのか。

「Gとか汚水とかはまだいい。でも『デスマシーン』のようなカードが集まるとまずい」

怖いのは行動が制限されることだ。カードを取らねば鍵が見つからない。他のプレイヤーが鍵を集めるのを待てばいいとも言えるが、それはゲームからの離脱に近い。さらにゲームが長期化すれば、物資補給が断たれるという可能性もある。

「そう考えると五枚っていうのがネックですね。金貨のカードを手に入れたとき、五枚はなかなか集まらないなという印象でしたけど」

マイナスの感情のほうが強いため、そんな印象が出てきてしまうのだ。

「……移動しよう。この問題を解決するには動くしかない」

と、歩きかけた梨々花《りりか》が立ち止まる。

「これ、どうする？」

木に張りついたカードがあった。序盤は無邪気に集めていたカードだが、少しずつ恐怖が浸水してきた。だが、この目の前のカードが鍵である可能性もある……。

「取ろう。取るしかない」

鳴海《なるみ》はカードを手に取った。……金貨のカードだった。

そこに賞品を得た喜びはなかった。ペナルティではなかったという安堵《あんど》だけだ。このゲームはプレイヤーの無邪気な感情を、いつの間にか恐れに置き換えていた。

……これは危険なゲームだ。

恐ろしいのはペナルティそのものではない。ペナルティへの恐れだ。恐怖に負けて消極的になったらゲームに負ける。だからといって恐怖から目を逸《そ》らして特攻するのは愚者だ。そんなプレイヤーは真っ先に脱落する。

その恐怖に打ち勝つには理性しかない。ゲームに勝利するのは勇敢でも臆病者でもなく、いつでも理性的な振る舞いを見せるプレイヤーだ。

「無視していくのも手じゃないかな。変なカードがあったら困るし」

梨々花《りりか》の意見に鳴海《なるみ》は首を振る。

「見つけたカードを残していくのは危険だ。終盤に鍵が見つからないときに後悔する。だから鉄球や汚水が降ってくるぐらいは覚悟するべきだ」

「でも、デスマシーンが出たら？」

「たぶん出ない」

デスマシーンは下手《へた》をすると死ぬゲームだという脅し《ブラフ》だ。五枚集めればもちろん死ぬが、このような序盤で集まるほど、このゲームは雑ではない。

……しかし、これは憶測にすぎない。リスクはこの四人に降りかかる。鳴海《なるみ》の判断が間違っていれば死ぬのは自分だけじゃない。

その後も、鳴海《なるみ》たちはカードを集めながら移動する。

多いのはブロッククッキーや菓子などの食料だ。そしてたまにペナルティカードが出現する。

『スズメバチ』や『パチンコ玉』のカード。

「このダイヤカード以外についてる☆のマークはなんなんでしょうか」

「普通に考えるなら危険度だろうな」

デスマシーンは星が五つある。スズメバチもパチンコ玉も二つ。

「さっきの鉄球とパチンコ玉が同じ二つですか」

「パチンコ玉は発射するとの説明がある。当ててくるのかも。あと、同じ星の数でも危険度に幅があるんだろう」

なんだか同じ場所を回っている気がする。道もなく方角もわからない。自分たちは舗装された道を歩くのに慣れすぎていたのではないか？　街には拡張現実というAR（Augmented Reality）が組み込まれ、フィールドがデジタル化され人間を補佐している。知らない街を歩いても、スマホの画面を覗《のぞ》けば美少女キャラクターが案内してくれる。自転車に乗っても百メートル先の歩行者との追突の危険性なども演算してくれる。

莫大《ばくだい》な情報に守られ、自分の判断と感覚が失われていた。何を買うかでさえ、AIがユーザーの趣向と相性を計算して薦めてくる。自分で選択したと思っても、選ばされていたのではないか？　歩く道の些細《ささい》なことから人生の進路でさえも……。

もしかしたらこの深い森から抜けだせないのではないか。リセットできる仮想世界とは違い現実だ。鳴海《なるみ》はこれが迷子の恐怖なのだと、人生で初めて知った。

「ねえ、見たことのない鳥がいるよ」

声に向くと、梨々花《りりか》が鳥を指さして笑っていた。

こんな状況でなんて自然な表情を浮かべるのか。彼女はこの緑の迷宮が怖くないのか。

「なんか優しい空気に包まれている気がする。緑の中に身を委ねるのって気持ちいい。……でも、都会っ子の私は灰色のコンクリートの街が懐《なつ》かしい」

ローファーで歩いていた梨々花《りりか》は靴擦《くつず》れをしてしまったらしく、しゃがみこんでしまった。

少し休むことにしたが、鳴海《なるみ》は焦《あせ》っていた。できれば急ぎたい理由がある。今後のゲームをスムーズに行うためにも、できるだけ早く到着したい。

と、福永《ふくなが》が頭上を気にするのが見えた。

「ドローンの音がする」

カードは誰も見つけていない。ということは監視か、それとも……。

「発着場が近いのか」

他のプレイヤーのコンプリートの可能性が高い。

「そろそろ行こう。リカは俺が運ぶよ」

「こんなときだし、遠慮しないほうがいいです」と、渚《なぎさ》が梨々花《りりか》の靴と荷物を持って促す。

「じゃあ、お願い。あ……」

おぶさろうとした梨々花《りりか》は少しためらう。胸を気にしているようだ。

「じゃあ、前で抱えてやるよ」

「あ、でも、それってお姫様抱っこになっちゃうよね」

「いいから、早く」

福永《ふくなが》がしびれを切らしたので、梨々花《りりか》は鳴海《なるみ》の背中におぶさった。直接胸が背中に当たらないように、肩にぶら下がるようにして背負われているのがとても面倒だった。それでも強引に森を歩いていると、ふと木々が途切れた。

そこには巨大な建物があった。森の中に突如出現した巨大なビル。屋上では多くのドローンが行き来している。すでにここに到達しているプレイヤーの姿が見える。少し出遅れただろうかと考えていると、そばによってきた女性がいた。

「やっと来たのね」

目の前に現れた女性は美玖《みく》だった。彼女は一瞬だけ福永《ふくなが》に視線を向けた。生徒会のメンバーでチームを組んでいるらしく、道明寺《どうみょうじ》の姿もあった。彼はマスクをしたままこちらを見ない。

「ここはどこだ?」

鳴海《なるみ》は、つい馬鹿みたいな質問をしてしまった。

「出口探しのダンジョン。……そして処刑場かしら」

美玖《みく》が指をさした先にはあれがいた。

四本の腕を持つデスマシーンが立っている。

*

この場所は森が切り抜かれた円形の広場となっている。

中央の巨大なビルは二十階ほどあるだろうか。大きな三角積み木というか、屋上が平たいので台形か。道も整備されておらず、この巨大な建物の資材を空中から運んだというのか。

その建物の二階にはバルコニーのような外周スペースがぐるりとある。入口の上のスペースに立っているのがデスマシーンだ。今のところ動く様子はない。そしてマシーンは首と手首と足首と、五本の鎖に繋《つな》がれ拘束されていた。

鳴海《なるみ》たちはテントの中で休息をとっていた。

テントはゲルのような広い形状で、広場を囲むように十個配置されていた。テントの中には寝台と思われる土台が四つあるが、寝袋も毛布もない簡素なものだ。

《一チーム一つのテントしか使用できません》

テントの中の装置で早速充電を始めた妖精に対し、四人の精神は落ち込んでいた。

「いきなりあんな感じで来るとは思いませんでしたよ」

渚《なぎさ》が呟《つぶや》く。さっきまで広場を調べたのだが、嫌なものを見てしまった。

「とにかく、探索してカードを集めるしかない。そして集める場所はダンジョンだ」

あの巨大なビルがカード集めのダンジョンという設定になっている。すでに探索を始めたチームもあるようで気が焦《あせ》ってしまう。

「行こう、協調の約束は取りつけてある」

すでに美玖《みく》の生徒会チームはもちろん、広場で会ったチームとも対話をした。トラブルはない。お互いに警戒しながらも理性的なやり取りをした。まだ到達していないチームもあるようだが、一チームに一つのテントが割り当てられたということは、十チーム、四十人の参加ということになるだろう。

鳴海《なるみ》たちは荷物となる物資を置いてテントから出る。

この広場にはダンジョンを含めて五つの設備がある。まずダイヤマークが記された大きなテントに向かう。中にはテーブルが並べられ、カウンターの向こうには大きな自動販売機がいくつも設置されている。高速道路のサービスエリアのような感じだ。

カウンターに近づくと自動販売機が反応した。

『いらっしゃいませ。コンプリートしたダイヤカードの交換をいたします』

この広場に到達した時点で、ドローンによる配布ではなく売店での交換にシフトするらしい。

それにしてもこのゲームは、食料やトイレなどのフォローがちゃんとしている。サバイバル要素を入れるとゲームがぶれるからだろうか。

交換するカードもなかったので、鳴海《なるみ》たちはエリアの外に出る。

「カードっていうのが楽ですね。重い荷物を運ぶ必要がないっていうか」

「島は結構つらかったもんな」

とにかく水を運ぶのが労力だった。渚《なぎさ》は華奢《きゃしゃ》な体つきなのでなおさらだろう。

そして広場にはほかのマークの設備も存在する。

スペードのマークがついた巨大な檻《おり》。檻《おり》の内部は尖《とが》った針で覆われており、釣り天井にも針があった。さらにハートとクラブも……。

それぞれに説明書きのプレートがある。

『剣の処女』スペード　☆☆☆☆
極限の痛み。コンプリートした時点でホルダーがこの中に入り千の針で串刺しになります。ホルダーが入らない場合、チームのすべてのメンバーにペナルティがあります。
『毒虫の壺《つぼ》』クラブ　☆☆☆☆
極限の恐怖。コンプリートした時点でホルダーがこの中に入り毒虫のエサになります。ホルダーが入らない場合、チームのすべてのメンバーにペナルティがあります。
『水没処刑』ハート　☆☆☆☆
極限の苦しみ。コンプリートした時点でホルダーがすべての衣服を脱いでこの中に飛び込みます。ホルダーが入らない場合、チームのすべてのメンバーにペナルティがあります。
『デスマシーン』ジョーカー　☆☆☆☆
極限の死。コンプリートした時点でデスマシーンはホルダー、チームのメンバー、そのほかのプレイヤーの順で殺戮《さつりく》を始めます。

『毒虫の壺《つぼ》』とは、ガラスの箱だ。床には大量の蛇が這《は》っており、天井にもサソリやムカデなどのおぞましい生き物が入った籠がいくつも吊《つ》り下《さ》げられている。中に入った時点で虫が降ってくるというシステムだ。

『水没処刑』は、円形の台座があり、今は蓋《ふた》が閉じている。コンプリートした時点で蓋《ふた》が開き、その下は水だ。あらゆる死の中で最高の苦しみだという溺死……。

ここで気づいたのは、リスクのあるのがホルダーということだ。つまり、コンプリートして一番危険なのは梨々花《りりか》となる。

「リスクは受け入れているし。その役目は私がやるべきだから」

鳴海《なるみ》の気持ちを察した梨々花《りりか》が言う。

「カードがコンプリートした時点で、ホルダーに自殺しろっていうのか？」

《自らの意思で処刑されなかった場合システムが作動します。介護ロボットを改造した自走式ロボットによって、強制的に処刑具まで運ばれることになります》

妖精が冷酷に言った。やはりこいつは感情のない機械だ。

《また、ホルダーが死んだ場合、チームの誰かがホルダーを引き継ぐ必要があります。また四つ星の処刑器具は、ゴールの扉が開くまで作動し続けます》

鳴海《なるみ》たちの精神が弱っていたのはこれらの処刑器具が理由だ。リスクのある死のゲーム。それを受け入れていても、どこかでリアリティがなかった。しかしこうして処刑器具を見せられると、死ぬ自分をイメージしてしまう。

思った。こうした処刑は一種のエンターテインメントなのではないか？　娯楽の少ない中世では人の死はサーカスのようなものだった。そしてただ殺すだけでは飽き足らず、処刑方法もどんどん派手でセンセーショナルになっていった。それを助長したのが処刑器具といえよう。鳴海《なるみ》はダンジョンの入口に立つ。周囲にはこちらの様子を窺《うかが》うプレイヤーたちがいる。すでに入ったプレイヤーもいるらしい。他のチームが帰還するまで待つべきか。しかし、そのチームが情報を公開するとは限らない。

このゲームには無謀でないほどの勇敢さが求められる。ひよっていては問題は解決しない。

そして、鳴海《なるみ》たちはダンジョンへと潜る決意をした。

＊

まるで迷宮だった。

四人は正方形の部屋に立っていた。四つの壁にそれぞれ扉がある。その扉を開けると同じような正方形の部屋に……。

「こんな映画を見たことがあります。間違った部屋に入るとバラバラになったりするんですよ」

「なんでお前は、こういうときにB級ホラーを思いだすんだよ」

だが、渚《なぎさ》の言うとおり嫌な予感ばかりがする。油断すると方角も階層も忘れてしまう。時計もないので時間経過もわからない。

小さな石で床に出口の方向のマークを入れているのだが、それは他のチームもやっているようで、様々なマークが部屋にある。すでにどこかが通ったということだ。

「次、開ける」

扉を開けるのは福永《ふくなが》の役目だった。何かあったときに反射神経のいい彼女が対応するためだ。福永《ふくなが》と行動して気づいたのは、彼女の感覚が常人離れしていることだ。肉体的な反応だけでなく、気配や音に敏感だ。仮想世界で鍛えた感覚なのだろう。

扉を抜けると、また同じ部屋に出る。なんだか頭がおかしくなりそうだ。

思えば異世界RPGの洞窟ダンジョンは複雑だった。ごつごつとした岩肌にはほのかに発光したヒカリゴケが生え、天井の鍾乳石《しょうにゅうせき》から水滴が垂れる。その水滴の一滴までが管理され水流となり、その水面から突然にモンスターが出現する。

しかしこの迷宮は頭が痛くなるほどシンプルで息苦しい。これが現実世界か。しょせん物質の世界には限界がある……。

次の扉を開けた福永《ふくなが》が警戒している。見ると部屋の中にカードが置いてあった。

「未踏破の部屋、か」

鳴海《なるみ》はすぐに理解した。部屋には基本的にカードが置いてある。今までの部屋は、すでにプレイヤーがカードを拾いながら通過したから空っぽだった。

カードは床に三枚、それぞれの扉にも貼ってある。

「全部取ろう」

カードを無視することはできない。ダイヤのカードとその他の区別がつかない以上、集めるしかないのだ。

手に入れた七枚のカードにはすべてダイヤだった。ボトルのコーラやコーヒー、フリーズドライなどの食料品だ。ホルダーの梨々花《りりか》がカードを確認してからしまう。

「豪華になったねえ」

「ダンジョンの宝は良《い》いやつが多いのかもしれませんね」

さらに四人はダンジョンを探索する。まず思ったのはダイヤカードのランクが上がっていることだ。それは売店という場所があるからだろう。ドローンから重量物を落とすのは限界がある。そしてペナルティカードの割合が意外に少ない。体感的には二十枚に一枚ぐらいの割合に思える。そのペナルティも虫やパチンコ玉を当てられる程度のものだ。

「心配することはなかったかもしれませんね」

渚《なぎさ》が言うが少しずつペナルティは蓄積していく。それでも探索を続行し、カード以外にも発見があった。まずトイレのある部屋がある。何の変哲もないトイレだ。さらに上のフロアへの階段も見つけた。

「ゲーム的にいえば、上に行くほど難易度が上がっていきますよ」

渚《なぎさ》が忠告を聞きながら上のフロアに移動する。

探索を続けるうちにカードのコンプリートが出てくる。食料の他に、使い捨てペーパータオル、女子用の替えの下着など。
「ペナルティだ」

カードを拾った鳴海《なるみ》は顔をしかめる。クラブマークの『スズメバチ』だった。星は二つ。この部屋でもしもコンプリートしてしまったら刺される危険がある。少しずつリスクが増えてきたが、蜂など鳴海《なるみ》の寄宿舎の近くでよく遭遇する程度の生物だ。

さらにペナルティカード。

『脱衣』というカード。女性用カードで衣類をどれか一つ脱ぎ、廃棄せねばならない。

《このゲームに参加するには、二人以上の女性が必要です。そして女性の衣類は、基本的に上着の上下、下着の上下の四つで構成されています。その四つのうちのどれかを廃棄し、今後その部位が使用不可となるということです》

「変態」

なぜか鳴海《なるみ》が梨々花《りりか》に睨《にら》まれてしまった。それにしてもこのゲームはそういった要素がある気がする。島では生地の小さな水着ほど高価だった。

「エンタメなので、女性の凌辱《りょうじょく》要素があるのかもしれませんね」

渚《なぎさ》に言われてやっと気づいた。

「ハートマークは凌辱《りょうじょく》系なのか」

スペードは物理的なダメージ、クラブは生物系のペナルティか。

凌辱《りょうじょく》系は怪我《けが》はしないが、そういった要素は人間関係を変化させる可能性がある。裸になる女子が現れれば男子たちの心境変化が起こり、理性的な振る舞いが消える。これは危険だ……。

「こっちを見ないで」

福永《ふくなが》が鳴海《なるみ》の視線から体を隠した。思考していたのを誤解されてしまった。

その後、四人はさらに探索を続けカードを集めた。

梨々花《りりか》に預けたカードを確認すると二百枚以上手に入れたことになる。ただし、コンプリートとなるとそれほどではない。ダイヤカードの種類が多いためになかなかそろわないのだ。同時にペナルティのダブりもないのは幸運だった。

「なんか、カード集めに夢中になっちゃいましたね」

渚《なぎさ》が言うように、確かにいつの間にか恐怖が薄れていた。それは、この辺りにはこの程度のペナルティカードしかないという理解だろう。やはり動いて正解だった。何もわからないというのが一番人間にとって恐怖なのだ。

「さすがに腹が減ったな。そろそろ戻ろうか」

ボードゲームと違い、このゲームは四人の腹を満たす必要がある。空腹の状態では最善の判断ができない。体調維持もゲームには不可欠な要素だ。

「あまりコンプリートできなかったから、みんなで分け合うしかないね」

梨々花《りりか》はカードを整理しながら歩いている。

「いや、それは心配しなくていい。きっと大丈夫だ」

このゲームがカードゲームだとしたら、最も重要な要素がある。

四人はもと来た部屋を引き返す。出入り口近くでほかのチームと遭遇した他は誰にも会わずに外に出た。

「ふう、なんだかほっとしますね」

外はすでに夕方だ。思った以上に長くダンジョンに潜っていたことになる。解放感から鳴海《なるみ》の胸から重い息が吐き出される。無意識のうちにダンジョンのストレスが溜《た》まっていたらしい。

売店には、すでに他のチームがいた。視線を交わすだけで特に会話はない。敵対するつもりはないが、味方でもないという微妙な距離がある。それは当然だ。このゲームのプレイヤーは最低一回はサドンデスを体験している。手を繋《つな》いで皆でゴールする優しいゲームではないと知っているのだ。

売店にいるのは三チーム。二チームはダンジョンから出てきたらしく、カードを自動販売機で物資に交換している。もう一チームはここにたどり着いたばかりらしい。

鳴海《なるみ》たちはまずテーブルに座り、カードの整理から始めた。

様々なカードが手に入った。ブロッククッキータイプの携行食やレトルトカレー、炭酸水からビールなどのアルコール飲料も。

「アルコールを飲んでいいんですかねえ」

渚《なぎさ》が首を傾《かし》げている。このゲームのプレイヤーは高校生だ。

「ナギは酔うとキス魔になるから飲まないほうがいいぞ」

「あはは、まーた先輩は冗談言っちゃって」

コンプリートしたカードは水のボトルが三本、コーヒーのパック、栄養ゼリー、ブロックッキーだった。カードの量の割にはやはりコンプリートが少ない。四人で分け合うにしても明らかに足りない。

カードの整理をしていると、売店エリアに人が入ってきた。それは生徒会チームだった。美《み》玖《く》がちらりとこちら見てから、近くのテーブルに陣取る。こちらに声をかけないのは周囲の視線を気にしてだ。同じ学校という情報を周囲に与える必要はない。

生徒会チームは女子二人と男子二人の割合だった。そしてホルダーは道明寺《どうみようじ》がやっている。前回ゲームでの失態のために危険な役割を担《にな》わされたのか。

「ちょっとトイレに行ってくる」

鳴海《なるみ》は断ってから売店を出る。外には人影がない。戻ってきたプレイヤーは売店に入り、様子見のチームは今からダンジョンに向かったのだ。

「……どうだった？」

背後から声がかけられる。立っていたのは美玖《みく》だ。

「カードは手に入った。ペナルティも少し」

「こっちもそう。今のところは問題ないわ」

「カードはどうするべきか」

「そうよね、下手《へた》に動くと警戒されるかも。経験者《ベテラン》はそういうのを嫌がるから」

鳴海《なるみ》と美玖《みく》がやりたいのはカードのトレードだった。トレードはカードゲームの基本だ。しかしこのプレイヤー同士が牽制《けんせい》しあった状態でそれをやっていいのか。美玖《みく》チームとだけトレードすると、やはりマークされてしまう。どうやって自然にカードのトレードを提案するかが問題だった。

「まあ、なるようになるわよ、きっと」

「そうだな」

鳴海《なるみ》はトイレに行って用を足してから売店へと戻る。と、中の状況を見てぎょっとした。先ほどのピリピリとした空気とまったく違った。和気あいあいとプレイヤー同士がカードのトレードをしているではないか。――その中心にいるのは梨々花《りりか》だ。

梨々花《りりか》は戻ってきた鳴海《なるみ》に気づくとぱあっと笑顔を浮かべた。

「ねえ、トレードすればいいって気づいたの。そうしたら無駄がないじゃん」

なんて無邪気な笑顔を浮かべるのか。なんだか思考を巡らせていた自分が馬鹿みたいだ。そんな横では美玖《みく》が苦笑いを浮かべている。

きっと梨々花《りりか》はこの中で唯一ゲームを楽しんでいる。どうやってか死の恐怖に打ち勝ち、自然な表情を作っている。そんな彼女がプレイヤーたちの警戒心を溶かしたのだ。

梨々花《りりか》が中心となってトレードが進み、ダイヤのコンプリートが完成されていく。結果的にこれは梨々花《りりか》のファインプレーだ。最終的に敵対するにしても、どこかでプレイヤー同士は協調せねばならない。お互いに牽制《けんせい》しながら距離を詰めていくことになるが、彼女はそんな無駄なことはせずに一気に協調に持っていった。

しかし鳴海《なるみ》の背中はぞくりとした。この中に得体の知れない異物がある……。

＊

次の日も鳴海《なるみ》たちはダンジョンに潜った。

広場には予想どおり十チームが出そろった。この十チーム、四十人で脱出の鍵を探すことになる。ここからが本当のゲームのスタートだ。

「ないですね……」

次の部屋も空っぽだった。鳴海《なるみ》たちは一緒のテントで夜を明かしたのだが、起きたときにはすべてのチームがダンジョンに潜っていた。

「仕方ない、上のフロアに行くか」

この二階フロアにはもうカードがない。できればプレイヤー同士で連携して少しずつ慎重に探索したいところだが、そんな提言はできない。

それでも梨々花《りりか》が中心となって作った雰囲気は悪くない。売店エリアでのトレードがスムーズにいったおかげで、プレイヤーたちはカード集めに集中できている。この深い迷宮の中から小さな鍵を探すには単独では不可能だ。

「階段はどこだったかな」

梨々花《りりか》がきょろきょろしている。

「階段は、あっち」

方向感覚を保っている福永《ふくなが》に従い、しばらく進んで階段を見つける。さらに三階フロアを抜けて初めて足を踏み入れる四階へ。ここまでくるとカードが見つかり始める。

ダンジョンのカードはある程度補給されるようだが、すべてのチームがダンジョン探索に参加した今、浅い階層のカードは枯渇《こかつ》し、プレイヤーたちは必然的にダンジョンの奥地に進むことになる。

気づいたのはカードの偏りだ。階層によって得られるものが違う。たとえば四階は衣類系が多かった。さらにフロアの場所によっても差がある。

「このカードの偏りはゲーム制作者の意図がある。……トレードをしろと言っている」

探索チームで偏ったカードを手に入れることになる。となると必要な物資を手に入れるにはチーム同士のトレードが必須となる。

「じゃあ、ちゃんと話し合ってよかったですね」

「いや、そうなんだけど……」

鳴海《なるみ》の憂慮は、制作者の思惑どおりに動いてよかったのかということだ。

また、カードの偏りはペナルティもそうだ。鳴海《なるみ》たちがいるエリアにはハートマークが多い。

脱衣カードや妙な液体をかけられたり、くすぐり《ティッキング》や手錠の装着など……。

「ここで五枚そろったらどうなるのかな」

《すべての扉がロックされ、ペナルティが実行されます。その後に扉が開きます》

妖精の説明を聞いてぞっとした。この部屋自体が処刑場となるのだ。

「少しダブってきたかも」

梨々花《りりか》も顔をしかめている。ただ、この程度のペナルティならさっさと実行したほうがいいかもしれない。

《基本的にペナルティの実行場所はダンジョンの部屋です。ダンジョンの外でコンプリートした場合、ダンジョンに入らない限り作動しません。ただしそれはリスク星二つ以下でして、三ツ星以上は速やかにペナルティを実行させ消滅させねばなりません》

ダンジョンの外でコンプリートする場合があるというのか。いや、それはあり得ることだ。

「そろそろ戻ろう」

ある程度カードを集めた鳴海《なるみ》たちは引き返すことにした。引き返す途中で他のチームと合流し出口へと向かう。梨々花《りりか》や渚《なぎさ》はプレイヤーたちと平然と雑談している。

鳴海《なるみ》はコミュニケーション型のゲームが苦手だった。たとえばプレイヤーと交渉してトレードなどをするタイプのボードゲーム。ほとんどのプレイヤーは鳴海《なるみ》と交渉してくれなかった。それは単純に鳴海《なるみ》がマークされてしまうからだ。理性的な振る舞いを見せればゲームに勝てるというわけではない。だからこそ、梨々花《りりか》や渚《なぎさ》の存在はありがたい。こちらにはただでさえ、不愛想《ぶあいそ》が服を着て歩いているような女子がいる。

売店エリアに戻ると、すでにプレイヤー同士のトレードが始まっていた。トレードは梨々花《りりか》と渚《なぎさ》が行っているが、梨々花《りりか》はこちらの手の内のカードをさらしてしまうので、他のプレイヤーに警戒されることなくトレードを進めている。

カードのトレードだけでなく情報も交換される。そんな光景を見て思った。もしかしたら皆で協調してのクリアが可能かもしれない。おそらくそれはゲーム制作者の意図とは違う。しかしそれができれば、このゲームに本当の意味で勝利したことにはならないか。

「処刑タロットは、そんなに甘くない」

鳴海《なるみ》の心を読んだかのように福永《ふくなが》が呟《つぶや》いた。

「確かにそうかも、でも……」

梨々花《りりか》のような無邪気なプレイヤーが放つ光が、デスゲームの闇に打ち勝つかもしれない。

いつの間にか売店エリアにすべてのチームが集まっていた。

「ねえ、地図を作らない。いきなりトイレに行きたくなったときとか困るし」

美玖《みく》が輪の中に入っている。こんなときに中心になるのはコミュニケーション能力に長《た》けた女子だった。

「うーん、俺たちはこういうとき駄目だな」

「一緒にしないで」

和気あいあいとした空間の中で、この鳴海《なるみ》と福永《ふくなが》の席だけが静かだ。

「雑談しようか？」

そう持ちかけたが、この女との共通の話題はなんだろうか。思い返せばビキニアーマーで気持ち悪い動きをしていたという印象しかない。

「好きなプロ野球チームは、どこ？」

「雑談にもほどがあるだろ。だったら最近の福永《ふくなが》のことを話してくれよ」

「……バーチャルで魔王を倒したの。そうしたら、出られなくなった」

「最近すぎるし、俺も知ってる。もっと俺の知らない昔のことを話せよ」

「なんであの人、カンネーの戦いの後にローマに攻め込まなかったのかな」

「俺が知るわけないし、昔すぎるだろ」

こいつにはコミュニケーションという概念があるのか？

「たとえば……福永紅《ふくながこう》の名前の由来とか」

「母の名前も色だったから」

「お母さんとはどんな会話してた？」

表情はほとんど変わらなかったが、わずかに曇った気がした。

「いろいろ」

「どんな人？」

「頭のいい人。映画が好きでギターも弾《ひ》ける。……でも、今はもういない」

二人は沈黙した。話題の選択を間違えてしまった。母親はいないというが、福永《ふくなが》がデスゲームに身を投じる理由と関係があるのだろうか。もう一度話しかけようかと考えたとき、ちょうどトレードの終えた梨々花《りりか》と渚《なぎさ》が戻ってきた。

「おまたせ」

テーブルにレトルト食品などが並べられる。四人はとりあえず食事をすることにした。

「携行食はダンジョンで食べることにして、レトルトはこっちで食べようね」

レトルトカレー、パックに入った唐揚げやインスタントラーメンなどだ。

「けっこうおいしいな」

鳴海《なるみ》たちは食事を分けあって食べる。汗をかいたので味の濃い食べものがうまい。

ペットボトルのコーラもあった。気づいたのは缶詰や缶ジュースもないということだ。もしかしたら武器になるようなものは排除されているのかもしれない。

「あとね、シャワーも浴びれるみたいよ」

梨々花《りりか》がシャワーカードを見せた。外のトイレに併設されたシャワールームがカードで利用できるのだ。カードを使うと三分間だけお湯が出るシステムらしい。

「でも、二セットしかないけど」

「じゃあ女子が使っていいよ」

「でも、もったいないから女子は一緒に浴びるから、ナギちゃんにあげる」

梨々花《りりか》がシャワーカードを渚《なぎさ》に渡した。

「このぶんだったら、順調に行きそうだね」

パックのイチゴミルクを飲みながら梨々花《りりか》が息を吐く。

「でも、溜《た》まってくペナルティの問題を解決しないとな」

命に別条のないペナルティは受ける覚悟が必要だ。

「心配ないよ。ペナルティカードもトレードしたから」

鳴海《なるみ》は驚いた。ペナルティカードはこのゲームのデリケートな部分だ。それをすでに話し合っていたというのか。だが、それなら戦略は大きく広がる。多少のリスクを冒してもダンジョンの深部まで探索が可能だ。

「じゃあ、私たちシャワーを浴びてテントに戻るね。ちょっと時間をずらして戻ってきてね」

梨々花《りりか》と福永《ふくなが》が立ち上がった。女子にはいろいろあるのだろうと、鳴海《なるみ》は何も言わずにうなずいた。男女一緒のテントというだけで気を遣ってしまう。

「命がかかったゲームでシャワーなんて贅沢《ぜいたく》ですかね」

「そんなゲームだからこそ余裕が必要だろ。あとで浴びてこいよ。俺はいいからさ」

鳴海《なるみ》は梨々花《りりか》から預かったマップを確認した。情報を交換して作ったもので、ペーパータオルのマップに階段やトイレの位置が表記されている。すでに五階まで探索されていた。思ったよりも進みが早い。最深部にたどり着くのも時間の問題か。だとしたら自分たちはどうするか。他のプレイヤーよりも早く動くか、それとも様子を見るべきか……。

「先輩、シャワー浴びてきますね」

顔を上げると売店エリアも閑散としていた。渚《なぎさ》が出て行ってからもマップを見ていると、声をかけてきた女子がいた。

「シャワー浴びるならどうぞ」

彼女はテーブルにボディーソープの小さなボトルを置いた。長い黒髪が濡《ぬ》れている。わざわざシャワーを浴びてから戻ってきてくれたらしい。

「ありがとう」

「いいえ、こっちこそ。あの子のおかげで平和にゲームが進みそう」

彼女は鳴海《なるみ》に微笑《ほほえ》みかけてから立ち去っていく。あんな優しそうな女子もゲームに参加しているのだ。参加せざるを得ない理由があるのかもしれない。

鳴海《なるみ》はボディーソープを持って閑散とした売店エリアから出る。そして外トイレに併設されているシャワールームに向かった。男性用シャワールームは三つほどあり、そのうち一つのシャワーカーテンが閉じている。

鳴海《なるみ》は自分の体が汗でべたついていることに気づいた。梨々花《りりか》や福永《ふくなが》と一緒のテントで過ごすのに、汗臭くていいだろうか……。

迷ってる時間はない。確かシャワーは三分だと、鳴海《なるみ》は手早く服を脱ぐ。

「渚《なぎさ》、ちょっと汗を流させてくれ」

ばっとシャワーカーテンを開けると、「ひゃあ」と、渚《なぎさ》が悲鳴を上げた。

「いや、ボディーソープをもらったから届けにきたんだ」

「わ、先輩、裸じゃないですか！」

「シャワーだからな」

「じゃなくてぇ、なんで入ってくるんですか」

鳴海《なるみ》の体を見た渚《なぎさ》が、壁に張りつきながら顔を真っ赤にしている。

「運動の汗ならいいけど、緊張の汗ってなんかべたつくんだよ。さっと流すだけだから」

鳴海《なるみ》はボディーソープを体に塗りたくると、お湯で体を流す。体にこびりついていた汚れと一緒に、ずっとまとわりついていた不快な感情も洗浄されるかのようだ。あまりシャワーは好きではないが、こんなにも気持ちいいものだったのか。

「……………」

渚《なぎさ》はシャワールームの端で固まっている。

「なあ、そういうよそよそしいのやめよう。仲間じゃんか」

普段は仲良く会話していても、本心ではこちらを不快に思っているのではと感じてしまう。

「僕の体に興味があるんですか？」

「いや、ないからこうして入ってきたんだろ」

「じゃあ早く出てください。そうしないと後悔しますよ」

「どう後悔するんだよ」

「……先輩の全身を洗います。男同士で気色が悪い行動です。ああ、キモいなあ」

「いや、別にそこまでキモくはないだろ」

ボディーソープが少し残っている。せっかくもらった大切なソープなので、鳴海《なるみ》は渚《なぎさ》の背中にかけてやった。

「わっ、やっ、あ、あん、ちょっと！」

背中を洗ってやると、渚《なぎさ》がまたも悲鳴を上げた。思ったのは渚《なぎさ》は男にしてはとても肌がきめ細かい。さらに背中から腰にかけてのラインも曲線的だ。……と、三分間が終わったのかシャワーが止まってしまった。

「あ、ごめん、ナギの泡を流せないかも」

「……そんなのは些細《ささい》なことです」

なんだか渚《なぎさ》の声のトーンが低い。いくら男同士でもやりすぎたか……。

「なんか距離を詰めすぎめちゃった？」

「いいえ、仲間ですから大丈夫です。先輩が興味あるんだったら、僕の体を見せてあげます」

壁に張りついた渚《なぎさ》は、何か決意したように深呼吸している。

「いや、いいよ。男の体を見たって意味ないし、キモいし」

「キモいは言いすぎでしょ。先輩は僕の体を見たいんですよね」

「いや、ごめん、そういうのいいから」

なんだか雲行きが怪しくなってきたので、薄っぺらいタオルで体を拭く。

「触っていいですよ。背中じゃなくて胸とかを」

「わかった、悪かった」

渚《なぎさ》ががばっと振り向いたときには、鳴海《なるみ》はシャワールームから逃げだしカーテンを閉めていた。よく考えてみたら、男同士でちょっと気色悪かったかもしれないと思い、鳴海《なるみ》はもう一度謝ってからシャワールームを後にした。

「……意気地なし」

渚《なぎさ》がぽつりと呟《つぶや》いた。

＊

そして次の日。その日の鳴海《なるみ》たちは、早めにダンジョンから帰還した。

トラブルがあったからだ。それは四つ星ペナルティの出現だ。

鳴海《なるみ》たちが手に入れてしまったのは、ハートの最高位のペナルティ『水没処刑』だった。

そんなカードを握った時点で死へのカウントダウンが始まった。全身の五分の一を水没させたままで探索は続行できなかった。

ダイヤの売店エリアに入ると、すでにプレイヤーたちの姿がある。不穏な空気を見て察した。他のチームにも五つ星、または四つ星ペナルティが出現したのだ。だからこの早い時間に帰還したのだ。

そんなプレイヤーは鳴海《なるみ》たちを見て少しだけ安堵《あんど》する。いや、鳴海《なるみ》ではなく梨々花《りりか》だ。いつの間にかトレードや対話の中心に据えられていた梨々花《りりか》を待っていたのだ。

まずい傾向だ。できれば鳴海《なるみ》たちが手にしてしまったペナルティカードの情報は場に出したくない。そのためには議論を横から見ているのが最善なのだが。

「四つ星のペナルティが見つかったの」

梨々花《りりか》はあっさりと手持ちのカードをさらしてしまった。

しかしその行為が功を奏したのか議論が始まった。他のプレイヤーも次々とカードが出てくる。リスク四以上のペナルティカードだ。ダンジョンの深部には凶暴な魔物が潜んでいた。

「誰か鍵を見つけた人は？」

梨々花《りりか》の問いに皆が首を振る。それは本当だろうか。もしも鳴海《なるみ》が鍵のような重要アイテムを見つけていたら必ず隠す。しかし、そんな発想はゲームサイドの思惑どおりではないか？

そう考えると鳴海《なるみ》は梨々花《りりか》を止めることはできなかった。

「少し探索を控えるべきじゃないか？」

「でも、鍵は見つけないといけないでしょ」

プレイヤーから声が出て議論が回っていく。鳴海《なるみ》は議論の場から少し外れた席に座った。

「探索しないわけにはいかないですよね」

渚《なぎさ》がカウンターから飲み物を持ってくる。鳴海《なるみ》はコーヒーを飲んで一息ついてから渚《なぎさ》に渡す。

こうして飲食ができるのも梨々花《りりか》のおかげだ。トレードをすることでカードを無駄なくコンプリートできている。しかし、ハイリスクのカードの対話も同じでいいのか。

「総数がどれくらいあるか、が問題なんだよな」

たとえば十枚だったら一チームが一枚持ち合えばいい。しかし五十枚以上だったらどう調整してもコンプリートしてしまう。

「探索するにしても、リスクのあるカードは公開してみんなで管理するべきだと思うの」

梨々花《りりか》の意見にプレイヤーたちが同意する。すべてのチームがダンジョンから帰還するのを待って本格的な対話が始まった。カードの提示を拒んだチームはいない。リスクのあるカードを持ち合い、探索続行を選択した。

「あれでいいと思いますよ。このゲームは個人で頑張っても攻略不可能です」

渚《なぎさ》が鳴海《なるみ》の心境を察したようだ。

「だけど問題がある。本当に持ち合いは可能なのかって。口では綺麗事《きれいごと》を言っても、誰もが持ちたくない。他のチームが手に入れたカードならなおさらだ」

梨々花《りりか》はどうするのか。この場所は利害関係の薄い学校のクラスとは違う。利益で繋《つな》がっている人間を協調させるには力が必要だ。その力とは金であったり暴力であったりと様々だ。

「ペナルティカードは私が預かるね。私たちはダンジョン探索をせずにバックアップに回ることにする」

それは梨々花《りりか》の言動だった。思わず立ち上がりかけた鳴海《なるみ》だが、福永《ふくなが》に止められた。

「なんで止める」

「私たちのチームの中で彼女が一番危険を冒している。だから私は彼女に従う」

「でも、あれは間違っている」

「それでも従う」

ペナルティカードを請け負えばこのコミュニティの中で弱者になる。瞬間的に女神になれたとしても、すぐに最下層の奴隷となるのではないか。

「ゲームに負けてもいいのか」

「私はリカに処刑タロットのコンプリートをしてもらいたい。そのためには彼女の力が必要なの。だから彼女を信じるし、それで負けたのなら……」

一緒に死ぬというのか。それとも梨々花《りりか》を切り捨て別のプレイヤーを探すのか。なんにしろ福永《ふくなが》は覚悟を決めていた。

梨々花《りりか》がペナルティカードを集めているのが見えた。ただ、他のプレイヤーも気を遣ったのか、さすがにすべてのペナルティを渡すことはしない。

デスマシーンは警告の意味合いもあるのか、序盤にほとんどのチームが一枚手にしていたらしい。そのカードは、そのまま各チームが一枚ずつ持ち合うという理性的な行動だった。

「リカさんは無邪気すぎるかもしれません。でも、先輩は人を疑いすぎです。それは短所でもあるし武器でもあります。僕たちはそれぞれの武器を持ち寄って戦うべきだと思いますよ」

渚《なぎさ》を見て思う。ゲームの覚悟を決めてなかったのは鳴海《なるみ》だけだった。福永《ふくなが》は復讐《ふくしゅう》のため、渚《なぎさ》は姉を探すためにゲームの炎に身を投じたのだ。

「わかった。でも俺は、このチームの誰も電気椅子に座らせることはしない」

そのための武器は理性だ。ゲームクリアの最善な戦略を練るしかない。

「そのためには、トレードのルール作りが必要だな」

鳴海《なるみ》が考え込んでいると、妖精が反応した。

《ペナルティカードのトレードですか？　それならいい方法があるんです》

トレードアピール。

まずカードを渡したい側のアピールから始める。

渡す側は渡したいカードの裏面を提示する。

受け取る側はカードのマークを言う。

両者の提示したマークが違った場合、ペナルティカードが移動する。

両者の提示したマークが同じだった場合、ペナルティカードは移動しない。

いずれにおいても、そのペナルティカードは今後トレードすることはできない。


妖精の説明だった。

他のチームも、ガイドキャラクターからその説明を聞いたはずだ。このタイミングで一斉に説明することになっていたのだろう。

「なんでこんな回りくどいやり方があるんでしょう」

鳴海《なるみ》は渚《なぎさ》と外の出ていた。少し外の空気が吸いたかった。プレイヤーはこのトレードルールにそれほど興味を示さなかった。いや、あえて触れないようにしたのかもしれない。

「このルールの特徴は二つある。一つは両者の了解がなくてもトレードができること」

「カードゲームによくある手法ですね。トレードを活発化させるためのルールです」

「そしてもう一つは、ペナルティカードの移動ができなくなること」

このやり方で移動したカードは、もう動かせない。つまり五枚コンプリートして消すしかないのだ。だが、それが五つ星のペナルティだった場合……死だ。

「なんにしてもこのトレード方法のメリットはありませんね。プレイヤー同士のコミュニケーションが取れてなかった場合、使ったかもしれませんが」

そう考えれば、梨々花《りりか》の行動は正しかった。

しかし、やはりそれはゲーム制作者の意図とは違う……。

＊

次の日から鳴海《なるみ》たちはダンジョンに潜ることはなくなった。梨々花《りりか》の意思を受け入れることにしたのだ。

プレイヤー同士でトレードのルールが作られ、ペナルティカードを渡すときは、相応のダイヤカードを譲ることになった。梨々花《りりか》はダンジョンに潜れないので、ダイヤカードが手に入らないからだ。

この行為によって、心理的に上下関係が作られてしまわないかという危惧《きぐ》があった。だが、プレイヤーたちはきわめて紳士的にプレーをした。ペナルティカードを抱えた梨々花《りりか》を気遣い、ダイヤカードを気前よく渡し、強引にペナルティカードを押しつけることはなかった。

この時点で脱出という目的に向かい、すべてのプレイヤーが協調を示したことになる。

プレイヤーに囲まれ笑顔を浮かべる梨々花《りりか》はまぶしかった。

まるで教室の梨々花《りりか》だ。体育祭や音楽祭などクラスのイベントで、鳴海《なるみ》たちのクラスはいつも順位が悪かった。そんな中でも梨々花《りりか》は笑顔を浮かべてクラスメイトを癒《いや》した。そしてこのゲームの中でも同じ笑みを浮かべられるというのか……。

ペナルティカードは増えていったが、その恐怖よりも梨々花《りりか》の光量が強かった。

しばらくすると梨々花《りりか》のようにカードを抱えることを宣言するチームが出現した。それは表向きは梨々花《りりか》だけに負担をかけることを避けるためだ。だが別の思惑もあるのではとも思う。利他的な行動をとった梨々花《りりか》は、プレイヤーたちの中心だった。クラスの笑顔の中心にいたように、この場でもそうだ。女子ホルダーはそんな場所を欲《ほっ》した。

また、ペナルティカードを抱えることでダイヤカードをもらうほうが効率よく稼げるのも事実だった。そんな打算的な思考。

……というのは深読みしすぎだろうか。とにかく鳴海《なるみ》の葛藤《かっとう》をよそにゲームは進む。

そして、徐々にプレイヤーの行動が二分化されていった。

ダンジョンに潜りカード探しをするチーム。広場で待機しペナルティカードを抱えるチーム。ある意味効率よくダンジョン探索が進んでいく。プレイヤーたちはダンジョンから厄災を持ち帰るが、皆で協力して抑え込む。そうして時間が経過していく……。

鳴海《なるみ》は売店エリアの様子を見ていた。夕方のこの場所には探索終わりのプレイヤーたちが集まり、カードの交換と調整を行っている。梨々花《りりか》と渚《なぎさ》がカードをまとめている姿がある。

その雰囲気は悪くないのだが、まず大きな問題がある。こうしてリスクを冒してダンジョンに潜っているが、鍵がないのはどういうことだ？

「どうしたの？」

壁際《かべぎわ》に立つ鳴海《なるみ》に、福永《ふくなが》が近寄ってきた。

「今回も鍵がないって思ってさ」

ホルダーたちが中心になって対話しているが、鍵は出てこない。

鳴海《なるみ》と福永《ふくなが》はダイヤエリアから出る。カードと情報の交換は、梨々花《りりか》と渚《なぎさ》に任せていいだろう。というより鳴海《なるみ》や福永《ふくなが》がいたところで役に立たない。

「鍵は、きっとダンジョンの最深部にある」

福永《ふくなが》が建物を見上げる。すでに夕方で空が真っ赤に染まっている。

「最深部。つまり最上階か」

それがわかっているプレイヤーたちは深く、そして高く登っている。なので少しずつ帰還時刻が遅くなっている。しかし、本当に鍵はダンジョンにあるのか。それともすでに手に入れているのか。だとしたら誰かが嘘《うそ》をついていることになる。ゲームを終わらせずに金を集めるため。そしてプレイヤーの金を奪うため……。

「外壁を登っていけないだろうか」

もちろんそれはゲームの意思に反してる。ただ、このダンジョンの壁は三角積み木の背のようになっており、登ってこいと言わんばかりだ。ただ、二十階以上もある高さから滑り落ちれば、当然ながら命の危険がある。

「登れる。……あっちの世界ならば」

「ここにはバーチャル世界はないよ」

いくら仮想で鍛えた運動神経があっても、さすがに現実で危険は冒せない。

「いいえ、ロボットが動き回るこの場所はスマートフィールド。つまりＡＩを管理するために仮想世界ができている。……入口がないから入れないだけ」

鳴海《なるみ》は思った。やはり鍵は屋上にあるのではないか。常に最強が明示されているカードゲームのように、ゴールの場所もはっきりとしているはずだ。

だが、そうだとしても鍵探しは困難だ。プレイヤーたちはダンジョンの最深部を目指して突き進まねばならない。同時にダンジョン探索の副作用が……。

そして、鳴海《なるみ》のそんな危惧《きぐ》は的中することになる。

深部になるにしたがい構造が複雑になる。入り組んだ階段は階層を飛ばしたり、フロア自体がスキップ形状になりプレイヤーたちの位置感覚を狂わせた。

だが、深く潜るほどに高価なカードが出現するという明確なルールも存在した。そしてプレイヤーたちは酩酊《めいてい》したように深く潜る……。

＊

最初のトラブルは星2ランクのペナルティだった。腕を腫れ上がらせたプレイヤーがダンジョンから逃げるように帰還した。プレイヤー二人がスズメバチに刺されたのだ。薬などもなかったので、とりあえず安静にさせておく。

「カードを手に取った瞬間に、部屋の扉にロックがかかったの。そしたらまず天井のノズルからスプレーみたいのが……」

スズメバチの襲撃を免《まぬが》れたらしい女子が説明している。スズメバチは整髪料のような香りに反応するらしいので、スプレーはそれだろう。

「どうしてカードを手に取った？」

その問いは待機組のものだった。だが、鳴海《なるみ》は探索グループの気持ちがわかった。カードを見つけて手に取らない選択はあり得ない。たとえリスクがあったとしても、自分だけは大丈夫だと悪魔が囁《ささや》く。ペナルティカードが四枚溜《た》まったからといってカードを無視して引き返そう、と、そんな冷静なプレイヤーは存在しない。

無理のないお金で、プレイ時間もメリハリをつけて……。どんなに理性的に説得しても、ギャンブル依存症はなくならないではないか。

その後、多くのペナルティカードを抱えたチームが続々と戻ってくる。いきなりペナルティの数が多くなったようだ。そしてさらに夜になっても戻ってこないチームもあった。

捜索隊を組織することも検討されたが、さらに迷う人間が出る可能性があるため断念した。皆はそのチーム、四人の帰還を待ち続ける。十人のホルダーがそろってからトレードなどを始めるというルールがあったからだ。しかし夜が更《ふ》けても戻ってこない。

そして夜明け前。……やっとダンジョンから帰還した。しかし二人だけだ。

二人の男女に話を聞いたが、動揺しているようで要領を得ない。それでもペナルティカードがコンプリートしてしまったことを知った。星三つが二回もだ。

コンプリートした瞬間に、ホルダーの役目を別の人間がやるよう指示があり、ホルダーだけが別の部屋に誘導された。

「指示に従わなかったら扉が開かなくて、全員にペナルティが与えられるって脅されて……」

このチームのホルダーは女子だ。勝気な性格で他の三人を引っ張っていたことを思いだす。

その後、ホルダーは男子が担《にな》い脱出を試みたが、パニックから迷ってしまい、さらに別のペナルティが与えられてしまった。

壁や床とカードの裏が同じ色なので、つい触ってしまうのだ。さらに扉にひっついているカードは、扉を開けた瞬間に強制的に所持扱いになってしまう。どうやってカードを補充しているのかわからないが、これはプレイヤーにとってまずいシステムだ。

いや、それよりペナルティを受けた二人と、そのペナルティ内容は……。

その疑問は朝になって解消された。

ダンジョンの外周に出現したのだ。それを見てすぐにわかった。すでにペナルティは実行されている。

「見ないで……」

鎖に繋《つな》がれた両手を上げるようにしている女子は全裸だった。さらにその隣では男子が壁に右手をついている。よく見ると手の平がボルトで貫かれ壁に固定されていた。それが分かった瞬間、鳴海《なるみ》の全身がぞわっと粟立《あわだ》った。

星三つの『磔刑《たっけい》』と『針責め』だ。

さすがに梨々花《りりか》が真っ青な顔をしている。外周は二階程度の高さなので無理をすれば登れるが、だからといって何ができるか……。

《安心してください、ペナルティ中も健康管理は徹底しており、カロリーゼリーなどの摂取ができます。さらに下部は排水できるようになっているので安心です。怪我《けが》も化膿《かのう》を防ぐための

ゼリー状の薬で覆っています》

妖精が説明したが、さらに嫌な気分になるだけだった。この非人道的なペナルティを与えながらも健康管理などとのたまうのか。

……いや、違う。鳴海《なるみ》は裸の女子から視線を逸《そ》らして息を吐く。自分たちが甘かったのではないか？　ペナルティを明示されていたにもかかわらず、無事でいられると思い込んでいた。残忍な処刑具を見せられたのに、いつの間にかそれから目を背けていた。

「とにかく、助けてあげないと」

彼女たちに向かおうとした梨々花《りりか》を、鳴海《なるみ》は止めた。

「やめたほうがいい。行っても何もできないし、そうされたくないはずだ。俺たちが唯一できることは、ゲームの攻略だ」

助けるにはクリアするしかない。迅速に扉を開ける鍵を見つけること。他人を思いやるのは勝ってからでいい。そして自分の力は、自分自身や仲間を守るために使うべきだ。これは敗者が出るゲームだ。覚悟を決めろ……。

ダイヤエリアではすでに対話が始まっていた。それは今までとは違い荒っぽいものだった。

「誰も鍵を持ってないのか？」

大柄の男子が声を張り上げている。近藤猛《こんどうたける》というプレイヤーだ。

鳴海《なるみ》は基本的に他のプレイヤーの名前を覚えることはしなかった。名前で管理した時点で知った気になってしまうからだ。それはゲームにおいてとても危険だ。

だが、彼はこのエリアで目立っていた。梨々花《りりか》が美玖《みく》が何かを言えば大げさに反応し、さらに雑談でも声が大きい。学校ではラグビーをやっていたり、一般企業が主催する脱出ゲームなどで高得点を得たことがあるなど、無視しようとしても憶《おぼ》えてしまった。

そんな彼がついに本性を現した。

「隠してるんじゃねえだろうな」

誰もが首を振る。皆を信じるなら鍵はまだ一枚も出ていない。しかしそんなことはあるだろうか。すでにダンジョンのほぼ最深部にまで潜っている。コンプリートまでいかなくとも一枚ぐらいはあっていいはずだ。

「私たちが鍵を持っているはずがないでしょ。ずっと待機していたのに」

反論しているのは、鳴海《なるみ》にボディーソープをくれたあの彼女だ。

「だったらカードを全部見せろ」

彼の言い分は、待機組のカードをすべてオープンすることだ。その意見に待機組は難色を示す。当然ながらペナルティの枚数はデリケートな情報だ。

「待てよ、彼女の言い分は正しい。俺たち待機組は鍵なんて受け取っていない。それはお前らもわかってるだろ。そしてカードを見せたところで疑いが晴れるのか？　あんな小さなカードなんてどこにでも隠せる」

鳴海《なるみ》が割って入った。これ以上場が混乱すれば後戻りできない。

「とにかくすべてのダイヤカードをよこせ。待機組は持つ必要はねえだろ」

この男は、混乱に乗じてカードを奪う気なのだ。

「わかった、言うとおりにしよう」

梨々花《りりか》がダイヤカードの束をテーブルに置いた。さらに待機組はペナルティカードも受け取る。しかしあまりに枚数が多い。

「私たちも待機に回るわ」

意外な申し出は美玖《みく》だった。

「だったら、ダイヤカードを全部出せ」

近藤《こんどう》に言われ、彼女もすべてのダイヤカードを放棄し、ペナルティカードを受け取った。この時点で、二人の脱落者を出したあのチームを加えて待機組が七組となった。

ぎりぎりの状態でゲームが維持される。そして残りの三チームは探索を再開したが、やはり鍵は見つからない……。

それでも彼らは、ついにダンジョンの最深部に到達した。ゲームクリアに近づいたともいえるが、事実は行き詰《づま》りだった。

「鍵はどこにあるのか」

ダンジョンの最深部にも鍵はなかった。ではどこに……。

鳴海《なるみ》たちは広場周辺の森を探索していた。気になった言葉があったのだ。

――たとえば最強のAが最弱の2に負けることもあるように、上も下も左も右もない世界。

鍵を求めて建物を上っていったが、鍵は一番低い場所にあるかもしれないと。しかし、周辺にはカードすら少ない。『恐怖のG』のペナルティが集まった程度だ。

鳴海《なるみ》はそのカードを見ながら思う。星が一つのペナルティはこのカードだけだ。つまり実質的なペナルティは星二つからなのだ。これには意味があるのか。

カード探しをあきらめ、鳴海《なるみ》たちは広場へと戻る。だが、そこはすでに混乱していた。

ダイヤエリアの中で、膝《ひざ》を抱えて座り込んでいる全裸の女子がいた。鳴海《なるみ》にボディーソープをくれたあの彼女だ。さらに彼女と同じチームの男子の二人は殴られたのか、ぐったりと椅子に座っていた。

そんな姿を見て、笑っているのが探索組だ。彼らはもうダンジョンに潜ることもなく、ただここでストレスを発散している。待機組のチームはそれを遠巻きに見ているだけだった。

「何をやってる」

鳴海《なるみ》はつい声を出してしまった。目立ってはいけないと思った。しかし、こんな場面を見て無視できるわけがない。

「鍵を探してんだよ。誰かが持ってるはずだろ」

近藤《こんどう》が笑っている。強引に『脱衣』のカードを彼女に渡したのだ。そしてそれを止めようとしたチームメイトの男子が近藤《こんどう》たちに殴られた。彼女がターゲットになった理由はわかっている。彼女はいつの間にか中心にいたからだ。

それは最初、梨々花《りりか》がいた場所だ。カード交換の中心となり、笑顔を振りまいていた女神のポジション。だが、いつの間にかそれが彼女に移っていた、というより梨々花《りりか》があっさりと譲り渡した。そしてこの場のプラスの感情は反転し、そのまま彼女にのしかかった……。

「なあ、あんたも脱げよ。カードはないけど、それぐらいできるだろ」

近藤《こんどう》が梨々花《りりか》ににじり寄る。

「俺のクラスメイトに手を出すな」

「臆病野郎は下がってろ」

近藤《こんどう》は酒臭い息を吹きかけた。福永《ふくなが》が前に出ようとしたが、それを制す。いくら身体の力が高くても、体の大きさが違いすぎる。

「最後の警告をするぞ。これ以上暴力行為で場を乱すなら、ルールの範囲内で攻撃する」

鳴海《なるみ》は近藤《こんどう》と睨《にら》み合《あ》う。ゲーム攻略にあたって異物は取り除く必要がある。たとえ少しばかり強引な方法でも……。

「先輩、落ち着いて。……あっ」

割って入った渚《なぎさ》だが、近藤《こんどう》に突き飛ばされて尻もちをつく。それを見た鳴海《なるみ》は決意した。やはり人間は弱い。だからこそ強引にでもコントロールする必要がある。

「鳴海《なるみ》君、それは駄目だよ」

梨々花《りりか》が止めたが、鳴海《なるみ》は彼女のポーチの中からカードを手に取った。

「ペナルティカードを受け取れ」

鳴海の言葉を無視して、近藤《こんどう》はあきれたように笑う。

「これはトレードアピールだ。このカードをトレードする」

……これはゲームだ。人間を制御するためにルールが生まれ、そしてゲームに発展した。

《アピール成立です。対象者は五秒以内に選択してください》

妖精が言った。近藤《こんどう》が唖然《あぜん》とする中、五秒が過ぎる。

《カードが移動しました。今後、そのカードの移動はできません》

「これでお前のだ」

鳴海《なるみ》は『剣の処女』のカードを近藤《こんどう》に投げた。

ダイヤエリアがざわつく。これはすでに説明されたトレードだ。それを利用して、鳴海《なるみ》は近《こん》藤《どう》にペナルティカードを押しつけた。

「てめえ……」

「まだやるのか？」

殴りかかろうとした近藤《こんどう》に、鳴海《なるみ》はさらにカードをアピールした。

「あれだよ、マークを当てれば防げるんだって」

仲間の女子が近藤《こんどう》に忠告している。

「トレードアピールする」

鳴海《なるみ》はもう一枚カードを手に取り、カードの背中を見せる。

「……スペード」

近藤《こんどう》が言った。鳴海《なるみ》はカードをオープンする。クラブの『毒虫の壺《つぼ》』だ。

《アピール成立で、カードが移動します》

「だったら、てめえにも……」

近藤《こんどう》が振り向いたが、チームのホルダーが首を振る。近藤《こんどう》たちはペナルティカードを所有していない。先ほど押しつけた二枚のペナルティは、もう移動不可能だ。

「これでわかったか？　このゲームは暴力などの行為を排除するシステムになっている。俺が言いたいのは、理性的にゲームをプレイしようということだ」

近藤《こんどう》は顔面蒼白《そうはく》で棒立ちしている。彼らを処刑するつもりはなかった。ただ、スムーズにゲームを進めるには抑止力も必要だ。

静まり返る中で、拍手の音が聞こえた。美玖《みく》が手を叩《たた》いていた。

「さすがね。君は最初からこうするつもりだったのね」

美玖《みく》は梨々花《りりか》を指差した。

「危険なペナルティを受けとるという名目で攻撃するためのカードを集め、場を支配するタイミングを計っていた」

「……馬鹿なことを言うな」

梨々花《りりか》の行動には打算はない。彼女は他人を傷つけないよう利他的な行動を取っていた。

「彼女はいつでもトレードの中心にいた。だから、誰がどれほどカードを持っているかも把握している、ということ」

「攻撃するためにそうしたんじゃない」

「攻撃したじゃない。あなたはボタンを押したのよ」

鳴海《なるみ》は思った。機会を窺《うかが》っていたのは美玖《みく》だ。彼女は誰かがトレードアピールを使うのを待っていた。そして鳴海《なるみ》はその混乱の中心に据えられた……。

＊

最後の扉を開ける鍵はどこにある?

すでにダンジョンの最深部まで探索が行われた。しかし鍵のカードは一枚もない。

鳴海《なるみ》は建物の見上げる。鍵は屋上にある予感がした。一番高い場所に五枚セットの鍵が置いてあると。しかし、どこから屋上に出ればいい？　危険を冒して外壁を登れというのか。もう一度、探索するべきか。しかしプレイヤーの協調が崩壊した今、それは不可能だ……。

「くそ……」

鳴海《なるみ》は歯を食いしばる。梨々花《りりか》が丁寧に整えた場を崩したのは鳴海《なるみ》だ。一時の感情からカードを使ってしまった。そしてあの行動により、プレイヤーたちのタガが外れた。

まずターゲットになったのは近藤《こんどう》たちのチームだ。すでに彼らは移動できない『毒虫の壺《つぼ》』カードが四枚溜《た》まってしまった。こうなると、彼らは『毒虫の壺《つぼ》』をコンプリートさせないために、アピールでクラブを防ぐしかない。つまり、クラブ以外のペナルティが素通りだ。

凌辱《りょうじょく》系のハート、物理系ダメージのスペード。プレイヤーたちは持て余していたペナルティを彼らに押しつける。近藤《こんどう》チームの女子は裸になり、身体的にもダメージを溜《た》めていく。

あの行為は危険だ。近藤《こんどう》たちのダメージではなく、拷問される彼らを見ることで周囲が麻痺《まひ》していくことだ。

「先輩のせいじゃないです。いつかはこうなってましたから」

渚《なぎさ》はかばってくれるが、やはり自分の責任だ。

今、ゲームを支配しているは美玖《みく》だ。あのタイミングで鳴海《なるみ》を攻撃したことで、中心となったのだ。敵がいることでそれ以外が一つにまとまった。彼女は鳴海《なるみ》たちの見えないところでペナルティカードの調整をしているはずだ。そしていつかこちらに牙をむく。

だとしたら、その前に出口の扉を開けたい。しかし……。

ダンジョンの入り口にはプレイヤーたちがいた。

「……ということで、あなたたちに鍵を探しに行ってもらいたいの」

美玖《みく》の前には近藤《こんどう》たちが立っている。

「ねえ、近藤《こんどう》君、聞いてる？」

うつむいていた近藤《こんどう》がびくっと体を震わせた。ペナルティカードを受け続けて、心身ともにダメージを受けている。

「無理だ。これ以上ペナルティカードを拾ったら……」

「どっちにしろ、ここにいたらペナルティカードを押しつけるわ。だからあなたはダンジョンの奥に逃げるの。そして鍵を探して扉を開けるしかない。次に私たちに見つかったら……わかってるわね」

美玖《みく》は近藤《こんどう》チームに探索を強制している。カードをちらつかせられ、近藤《こんどう》チームの四人はダンジョンの中に入っていく……。

そして強制探索はそれで終わらなかった。次のターゲットはあのボディーソープの彼女。彼女たちのチームも強引にダンジョンへ押し込められ、その次はすでに三つ星ペナルティを受けて二人となっていたチーム。弱いチームからターゲットになっていった。

鳴海《なるみ》は止めることもできずに彼らを見送った。探索の結果はすぐにわかった。三つ星ペナルティを集めたプレイヤーはダンジョンの外周でさらされるからだ。拷問のコレクションが増えていく……。

そしてついに四つ星が発動した。朝になると、『毒虫の壺《つぼ》』に人がいた。

大量の虫に群がれているのは近藤《こんどう》だった。すでに蛇の毒が回っているのか、抵抗もできずにうずくまっている。生きているのか死んでいるのかもわからない。ただ、悪夢のシーンから目を逸《そ》らした。同時にプレイヤーたちは臨界点を超えた。

「次の探索はお前らだ」

鳴海《なるみ》たち四人は囲まれていた。

近藤《こんどう》の成れの果てを見てしまった渚《なぎさ》が、鳴海《なるみ》に寄り添いながら震えている。

「このダンジョンの中に鍵はない」

鳴海《なるみ》はきっぱりと言った。あれほどの犠牲を出しての探索で鍵は見つからなかった。このゲームは残酷ではあるがアンフェアではない。鍵は見つかる場所に隠してある。

「とにかく見つけてくるまで、戻ってくるな」

目を血走らせたプレイヤーたちが怒号を上げる。さすがにこの人数では福永《ふくなが》も何もできない。

渚《なぎさ》も怯《おび》え、鳴海《なるみ》も次の指し手を失った。

だが、そんな中で凛《りん》とした声を出した人間がいた。

「これを続けるつもり？　私たちが失敗したら、あなたたちの中から生贄《いけにえ》を出さなきゃいけないのよ。それよりも、もう一度みんなで協力するべきだと思う」

梨々花《りりか》には死の恐怖などみじんも感じられない。

「……それでも行くのよ、鳴海《なるみ》。でなければ、この今、鍵のありかを見つけるの」

美玖《みく》が前に出た。そしてカードを掲げる。

「アピール」

「……ジョーカー」

だが、美玖《みく》が握っていたのはハートの『水没処刑』だった。

「君には弱点があるの」美玖《みく》が笑う。「君はまず与えられたルールを受け入れる。例えば犬を渡され『これが猫だ』と言われれば、まず受け入れるタイプ。でも、それは普通の人間の感覚じゃない。誰もがゲームを受け入れるわけじゃない。そんな他人の気持ちがわからないのが、そのまま君の弱点となる」

これ以上『水没処刑』のカードを押し付けられるのはまずい。今のカードで確か四枚目だ。

この女はぶっ壊れていると思った。他人の痛みに鈍感な彼女は、鳴海たちを殺すことをためらいはしないだろう。こうなったらダンジョンに鍵を探しにいくしかない。そして屋上へのルートを探す。だが、失敗すれば最凶のデスマシーンに串刺しにされる。

……まてよ。

鳴海《なるみ》の頭に光が散った。そうだ、これはカードゲームだ。最強のAが2に負けるように、逆の発想が必要だ。だとしたらダンジョンにおける一番高い場所は……。

「私たちは強制されない。ダンジョンに行くことはない」

梨々花《りりか》がはっきりと断った。

「だったら、ここで処刑されることになるわ」

美玖《みく》がカードをちらつかせる。

「これでもダンジョンに行けと?」

梨々花《りりか》は四枚のカードを取り出した。それを見た周囲は息をのむ。梨々花《りりか》は『デスマシーン』を四枚保持していた。背筋がぞくりとした。鳴海《なるみ》の知らないうちに厄災を四枚も抱え込んでいた。そんな状況で平然としていたのか。

さすがに美玖《みく》も固まる。『デスマシーン』のカードは特別だ。他の処刑と違い、すべてのプレイヤーがペナルティの対象となる。コンプリートしたホルダー、チームメンバー、その他のプレイヤーという順番があるだけで、悪魔は平等に厄災を与える。彼女はそんな悪魔を拘束する四つの鎖まで外していた。

「私は協力して鍵を探すことを願ってる。みんなが力を合わせればうまくいくから」

梨々花《りりか》はくすっと笑った。この状況で彼女は場に光を与えた。ただ願うだけではなく、彼女は力を使ってこの世界を正そうとしている。

自らに銃口を突きつけて微笑《ほほえ》む彼女。そんな梨々花《りりか》を前に皆は沈黙する。包んでいたどす黒い霧が晴れていく……。

「アピールだ」

沈黙する場の中で声を出したのは、カードを持った道明寺《どうみようじ》だった。

「……ハート」

梨々花《りりか》は『水没処刑』を気にしてガードをした。道明寺《どうみようじ》がにやりと笑った。

「俺はゲームなんてどうでもよかったんだよ。てめえらに復讐《ふくしゆう》できれば俺も死んでやる」

道明寺《どうみようじ》が鳴海《なるみ》にカードを投げた。まさか、こいつは……。

道明寺《どうみようじ》がアピールしたのは『デスマシーン』だった。

「こいつ」

美玖《みく》が道明寺《どうみようじ》を殴り飛ばした。しかし彼は笑っている。前回ゲームで死にかけた彼は壊れていた。そして狂ったまま破壊の感情をこちらに向けた。

「死ぬのはてめえらが先だ」

ぎしっと音がした。顔を上げると、あの殺戮《さつりく》マシーンが動きだしていた。

鳴海《なるみ》は動けなかった。デスマシーンの恐怖で足がすくんだのではなかった。動揺したのは死のカードをコンプリートした梨々花《りりか》の表情だった。

それはロシアンルーレットで見たそれと同じだ。そしてやっと気づいた。彼女は怯《おび》えているのではなかった。この死の恐怖に快感を覚えている。

ずっとそばにあった違和感がやっとわかった。梨々花《りりか》がクラスの中心にいたのも、この状況下で冷静に振る舞えたのも、美しく強い心を持っていたからではない。

ただ、感情が希薄なだけだった。そして、強い死によってやっと心が動かされる。涙を流しているのは恐怖でなく、心が揺れ動いたという感動によってだった。

……伊刈梨々花《いかりりりか》は狂人だ。

＊

「鍵は？　誰か鍵を隠している人は？」

美玖《みく》の叫びが聞こえる。すべてのプレイヤーが死ぬこの状況下で、鍵のカードを隠していた場合、もう場に出すしかない。しかし誰もが固まったままだ。

「鍵を隠していたら、みんな死ぬのよ！」

それでも鍵は出てこない。誰も持っていないのだ。

「私から離れてて。死ぬまでに時間を作るから、鳴海《なるみ》君はその間に解決方法を考えるの」

梨々花《りりか》が穏やかな表情を向けた。もとから死にたがっていた人間の顔だ。

これが敗北か。目の前の光景はバッドエンディングだ。デスマシーンを拘束する鎖が外れていく。切断されていた悪魔が復活する……。

皆が固まる中で、鳴海《なるみ》はただ思った。今までの梨々花《りりか》の表情は偽物《にせもの》だった。プレイヤーたちが死の恐怖にへたり込む中で、彼女を守ったのは別の感情だ。教室でもこのゲームでの交流にも本物はなかった。こんな死の間際《まぎわ》でも、それが悔しい……。

「リカは間違っている」

鳴海《なるみ》の言葉に梨々花《りりか》はうつむく。

「ごめんね。こんなゲームに巻き込んだことを後悔してる」

「違う、俺の気持ちをわかっていないことだ。俺はこのゲームを自分の意思でやっている」

金でも名誉でもない。欲しいものは一つだけだった。

「理由は、教室でみんなに必要とされる君を守る、たった一人になりたかったからだ」

「鳴海《なるみ》君……」

「何やってんの！」それは美玖《みく》の叫びだった。「あんたたちこんなときになんなの？ 痴話喧《ちわげん》嘩《か》とかラブシーンなら後でやってよ。せめてゲームのことを議論して！」

彼女の形相に鳴海《なるみ》は我に返る。そうだ、まず鍵、そしてデスマシーンだ。デスマシーンから逃げるためにはどうすればいいのか……。鳴海《なるみ》は梨々花《りりか》に向き直った。

「もしもこのゲームから君を連れだしたら、俺を信じてくれるか？ 俺がすべてのタロットを集めてリカを助けるって」

梨々花《りりか》は小さくうなずいた。これは扉を開くゲームだ。出口の扉ではなく彼女の胸の奥にある扉だ。そのためには、この程度のゲームなど迅速に攻略してみせる。

「だから、後にしなさいって！」

鳴海《なるみ》は混乱する美玖《みく》の胸ぐらをつかんだ。

「あのカードをよこせ。俺たちが鍵を見つける」

鳴海《なるみ》はダンジョンに潜らない間、ずっと考えていた。それはもしもデスマシーンをコンプリートしてしまった場合についてだ。確実な方法ではないが、一つだけ回避方法がある。

「ねえ、このカードって……」

唖然《あぜん》とする美玖《みく》からカードを奪い取る。このカードがデスマシーンから逃げるキーだ。

《コンプリートしました》妖精の声が聞こえる。

「渚《なぎさ》、カードを預かってろ。俺は鍵を取りに行く」

鳴海《なるみ》は渚《なぎさ》にポーチを押しつけると、梨々花《りりか》の手を取って走った。

同時にドスンとデスマシーンが地上に飛び降りた。鳴海《なるみ》は梨々花《りりか》の手を引いて逃げる。

地上に降り立ったデスマシーンが追ってくる。標的の梨々花《りりか》を確認すると、四本足の走行モードに変化した。猛スピードで剣を振り上げながら走ってくる。

このデスマシーンから逃げる場所は三つある。ヘロイン中毒をモルヒネで治療するように、ペナルティにはペナルティだ……。

デスマシーンが迫る。そして振り上げた剣をスイングした。同時に、鳴海《なるみ》と梨々花《りりか》は飛び込んでいた。

ドプンと音がした。その場所は——水の中。

『水没処刑』の処刑場所だった。五枚コンプリートした時点で蓋《ふた》が開いたのだ。

「デスマシーンから逃げるために水の中に？」

デスマシーンは水が苦手だったことは、あの島でも判明している。上を向くとデスマシーンが地上からこちらを見ている。ここまでは追ってこないようだ。

「ペナルティにはペナルティだ。……でも、逃げたんじゃない」

必死で足を動かすが沈んでいく。なんだか水が粘着質だ。やはりこれは……。

「死から逃れるために、別の死を受け入れる。……それが君の攻略法？」

「違う。俺の攻略法はゲームに勝つために使う」

『剣の処女』や『毒虫の壺《つぼ》』はこれ見よがしに恐怖をあおっていた。しかし、この『水没処刑』だけはシンプルだった。もしかしたらゲーム攻略に使うのではという一つの仮説を持っていた。

さらに少しずつヒントが集まり、最後の最後で鳴海《なるみ》は気づいた。

ここはあの世界の入り口ではないかと……。

鳴海《なるみ》と梨々花《りりか》は沈んでいく。鳴海《なるみ》の推測が間違っていればこのまま溺死だ。同時に体が痺《しび》れる。死の恐怖が鳴海《なるみ》の全身を包み始めた……。

水しぶきが上がり、誰かが飛び込んできた。

「服を、脱ぎなさい」

二人を追ってきたのは福永《ふくなが》だった。

「急いで脱ぐの。できれば下着も」

福永《ふくなが》に言われ、鳴海《なるみ》は沈みながらも服を脱ぐ。シャツを脱いだところで最後の息を吐いてしまった。見ると、梨々花《りりか》も苦しげな表情で下着姿になっている。鳴海《なるみ》は彼女の手を握ってやった。もしも間違っていたら、これが最後のシーンになる。

「……息を吸うように水を飲むの」

水の中で福永《ふくなが》が喋《しゃべ》っていた。彼女は――水で呼吸している。

それでも鳴海《なるみ》と梨々花《りりか》は抵抗した。水を飲めばそこで窒息すると体が拒絶している。

「大丈夫、あなたは正しかった。入口はここにあったの」

朦朧《もうろう》とする意識の中、裸になった福永《ふくなが》がうなずく。

そして、鳴海《なるみ》と梨々花《りりか》は最後に残った空気を吐き出す。三人は手を繋《つな》いだまま……。

――ログイン。

鳴海《なるみ》と梨々花《りりか》は水面から引き上げられた。

「……え？」

梨々花《りりか》が唖然《あぜん》としている。地上に二人を引き上げたのは全裸の福永《ふくなが》だった。だが、その体はきらきら光って微妙に胸や腰を隠している。エフェクトがかかっていた。

「ここは、どこ？」

梨々花《りりか》と鳴海《なるみ》は周囲を見回す。一面に花畑が広がり蝶《ちょう》が舞っている。そして高くそびえる三角形の塔もある。

「ここは……仮想世界だ」

『水没処刑』の装置がそのままVR機器となっていたのだ。高密度の酸素を溶かした水を満たし、体ごと入るというシステムはすでに導入されている。

「鍵は一番高い場所にあると思った。そして最弱の2がAに勝つように、逆の発想で考えた。高い場所を目指すには、一番低い場所に入ればいいのでは、と」

このゲームフィールドで一番低い場所は、水の満たされた穴の底だ。

「そして仮想世界ならダンジョンの外壁を登れる」

「うん、私が行く」

福永《ふくなが》は鳴海《なるみ》の真意を知って追ってきてくれた。鍵を取ればこのゲームは終了だ。

「……そうはさせない」

振り向くと穴から出てきた女子がいた。それは裸の美玖《みく》だった。霧のようなエフェクトを体にまといながらこちらに歩いてくる。

「まず、君には驚いた。あの状況でもあきらめなかった君はすごい。理性が狂気と恐怖すらもを制御した瞬間だった。……でもね、あなたには負けない」

美玖《みく》が指を差したのは福永《ふくなが》だった。

「仮面のサーティナイン？」

「ええ、そうよ。あなたが対決を避けていた仮面の戦士が私」

この二人はVRバトルのことを言っている。サーティナインとはハンドルネームで、福永《ふくなが》と同様に有名人でいて正体不明のバトラーだった。

「無敗の私たちのどちらが負けても商品価値が落ちると、対決がセッティングされなかった。だから私はこの学校に来たの。引き抜きに応じる条件として、あなたとの対決を望んだ。こんな場所で願いが叶《かな》うとは思わなかったけどね」

「こんな状況で何を……」

「下がって」

福永《ふくなが》が鳴海《なるみ》を制する。こんな状況下で戦う気だ。もうすぐゲームクリアのキーが手に入るという、この状況で。

「あなたがちょうど百人目の撃墜マークとなる。記念するべき星になりなさい」

「流れ星になるのは、あなたよ」

福永《ふくなが》と美玖《みく》が対峙《たいじ》している。どれほど視聴者が望もうとも、実現しなかった夢のカードがこんな場所で行われる。しかし死が迫ったこの状況でやるべきことなのか。この二人は仮想世界に入りすぎて、脳を損傷してしまったのだ。

「こいつらは狂ってる」

「私たちで取りに行くしかないよ」

立ち上がった梨々花《りりか》が、慌ててしゃがみこむ。全裸の自分に気づいたのだ。この子もこんな状況で羞恥心《しゅうち》が先に来るのかとあきれた。

「エフェクトがかかってるから大丈夫だ。馬鹿は放っておいて、行こう」

鳴海《なるみ》は梨々花《りりか》の手を引いて塔へと走る。だが仮想世界の体は異様に重い。こんな体であの塔を登れるだろうか。水の中でズボンを脱がずにログインしたので、体の操作に支障が出ているのかもしれない。

そんな横で、福永《ふくなが》と美玖《みく》の戦いが始まった。それはこの情報空間を振動させるほどの激しいものだった。鳴海《なるみ》は一瞬だけ見とれた。二人は自分の体を完全にコントロールしている。

彼女たちの戦いに巻き込まれた花が散り、蝶《ちょう》が舞い上がる。福永《ふくなが》と美玖《みく》はデジタル空間の風となっていた。

「いいから、行くよ。……ん？」

塔を登っていた梨々花《りりか》が足を止めた。

歌声が聞こえた。それはまるで風のように心地いい……。

顔を上げた鳴海《なるみ》は啞然《あぜん》とする。塔の外壁の二階のスペースに裸の少女が座っていた。金髪の長い髪を垂らして微笑《ほほえ》み、歌を口ずさんでいる。

……天使だ。彼女の背中には真っ白な羽がついている。

まず美しさに見とれた。全裸だったがそこに卑猥《ひわい》さはまったくない。彼女はバーチャル世界の芸術品だ。……同時に思う。なんで天使がここにいる？

彼女が立ち上がる。金髪がさらりと流れ、光が散った。

次の瞬間、鳴海《なるみ》は地面に叩《たた》きつけられていた。何が起こったのかわからずにいると、すぐ横に美玖《みく》がいた。彼女が鳴海《なるみ》にタックルをしたのだ。見ると、梨々花《りりか》は福永《ふくなが》が抱きかかえている。

「は……」

梨々花《りりか》の髪がばさりと切れ、額から血が一筋流れた。そんな彼女の前にふわりと降り立ったのがあの天使だ。

「あの天使がやったのか？」

「……君には、あれが天使に見えるの？」

美玖《みく》が震えていた。少女が梨々花《りりか》にゆっくりと歩み寄る。少女が踏みしめた花がどす黒く炭化し、飛んでいた蝶《ちょう》が発火する。空間のデータがバグを起こしている。

少女はいきなり蹴りを放った。福永《ふくなが》が梨々花《りりか》を抱えながらどうにか避けたが、蹴られた地面の石畳がえぐれた。なんというパワーか。そしてなぜ少女は梨々花《りりか》を狙うのか……。

いや、梨々花《りりか》を殺そうとしていた存在がある。鳴海《なるみ》たちはそれから逃げてきたのだから。

「……まさかあれって」

「そうよ、デスマシーンもこっちまで追いかけてきた」

裸の少女はデスマシーンの仮想世界の姿なのだ。いや、もともとデジタルで造られたマシーンにとっては、あの少女のほうが本物の姿だ。

「こうなったら、隙をついて鍵を取りに行くしかないわ」

美玖《みく》が建物に走りかけたが、その動きにデスマシーンが反応する。彼女は鍵の守護者でもあるようだ。このままでは鍵を手にできずに殺される。

「お願い、もう一度なんとかして」

顔面蒼白《そうはく》の美玖《みく》が懇願する。

「わがまますぎだろ、さっきまでやりたい放題してたのに」

「私ができるのは、ほんの少しだけ時間を作ること」

美玖《みく》が福永《ふくなが》に視線を向けると、彼女が小さくうなずいた。

「気に食わないけど、福永紅《ふくながこう》と一緒に戦えば、少しは時間が作れる。その間に、鍵を見つけるかデスマシーンを倒す方法を考えて」

美玖《みく》は迷わなかった。福永《ふくなが》とアイコンタクトを取ると、慎重に少女と距離を取って向かい合う。少女はそんな二人と対峙《たいじ》しながら、梨々花《りりか》と鳴海《なるみ》にも注意を向けている。鍵を守りつつ梨々花《りりか》を殺そうとしていた。

戦いは突然に始まった。デジタル空間が振動した。

無造作に振った少女のこぶしが、福永《ふくなが》と美玖《みく》を吹っ飛ばす。それは戦いではなく一方的な虐殺だ。二人が作れる時間など、ほんのわずかでしかないと悟った。

助けに走ろうとして踏みとどまる。デスマシーンに向かっていったところで自分に何ができる？　自分にできることは――一つ。

考えろ。どんな場所でも出口の扉がある。その扉を見つけるのは鳴海《なるみ》がやるしかない。福永《ふくなが》と美玖《みく》が殴られつつも戦っているように、自分のできることをやるしかない。

鍵を取りに走るべきか。しかし外壁をのろのろと登っているうちに背後から刺されるだろう。彼女たちが作るわずかな時間でできることはなんだ？　デスマシーンを倒すにはどうする？

このゲーム最強のデスマシーンを倒すカードなど存在するのか。設定でも最高ランクのレアリティ、五つ星だ。

……五つ星だと？

「まさか……」

このゲームにはもう一枚レアリティのあるカードが存在する。まさか、そのカードを使えというのか。しかし、そうであったとしてもこの場所でカードは使えない。

鳴海《なるみ》は目を丸くした。戦うデスマシーンと二人の少女。その後ろでへたり込む梨々花《りりか》、そして彼女の肩に座っているのは……。

「ベス！」

鳴海《なるみ》は梨々花《りりか》に向かって走った。彼女の肩には妖精がいた。蝶《ちょう》のような羽と女性の裸体を持ったデジタルの妖精だ。妖精は現実と仮想の両方に存在する。

「ベス、戻ったら高級な電池をやるから聞いてくれ。現実側に渚《なぎさ》がいるはずだ。渚《なぎさ》にメッセージを伝えてくれるだけでいい」

「鳴海《なるみ》君！」

梨々花《りりか》が顔を歪《ゆが》めている。福永《ふくなが》と美玖《みく》はボロボロだった。口から血を垂れ流し、ボディーを殴られたのか足が震えている。破滅へのタイムリミットがもう残り少ない。

「渚《なぎさ》に早くしろと言ってくれ」

妖精に懇願し、鳴海《なるみ》は梨々花《りりか》に向き直る。

「これから最後のカードをオープンする。うまくいけば時間ができる。そうしたらダンジョンの屋上まで走って鍵を取ってくれ」

「……うん、君を信じるよ」梨々花《りりか》は鳴海《なるみ》の手を握った。「だから一緒に走ろう」

「でも、俺は仮想でそれほど速く走れなくて」

「私に全部委ねてくれればいいよ。鳴海《なるみ》君と一緒に走りたいの」

鳴海《なるみ》は梨々花《りりか》の手をぎゅっと握った。

ついに福永《ふくなが》と美玖《みく》がデスマシーンの前に膝《ひざ》をついた。彼女たちが作った時間は尽きてしまった。もう行くしかなかった。

「行くぞ」

鳴海《なるみ》と梨々花《りりか》は走った。同時にデスマシーンが反応する。ぶわっと翼を羽ばたかせて梨々花《りりか》へと一足飛びに距離を詰める。

「コンプリートしました」との妖精の声が聞こえた。

デスマシーンの動きが一瞬だけ止まった。そして頭上を見る。彼女の瞳孔が開いていく。

「あ……」

福永《ふくなが》が空を見上げながらうめく。降ってきたのは恵みの雨……ではなく黒い物体群だ。

その一つが天使の頭に落ち、同時に甲高い悲鳴が響き渡った。

「このまま走れ」

鳴海《なるみ》と梨々花《りりか》はデスマシーンの追走を振り切り走った。振り返ると、少女がへたり込んで泣きわめいているが見えた。やはり最弱のカードは最強のカードを刺した。

「なんだったの？」

「このゲーム唯一の一つ星。つまり最弱のレアリティカードが一枚だけあった」

それが『恐怖のG』だ。つまりデスマシーンの少女はあの虫が苦手だった。

一番高い場所を目指すには一番低い場所を。最強のカードを倒すには最弱のカードを。これはそんなカードゲームだった。渚《なぎさ》はこんな状況でも迅速に動き、カードを集めてくれた。

と、鳴海《なるみ》はバランスを崩して転んだ。

「……お前までビビるなよ」

鳴海《なるみ》にぶつかったのは、あの虫から逃げてきた福永《ふくなが》だった。

「行こう、三人で」

梨々花が福永を立ち上がらせる。

鳴海《なるみ》は二人の女子に手を引かれるようにして、急角度の建物の壁を走る。

そして……。

三人は屋上へと入った。その小さなスペースには鍵があった。金色に輝く脱出のデータだ。

やはりここにあった……。鍵に近づいたとき、屋上に人影が現れた。

「……君には負けた。本当に完敗」

血まみれの美玖《みく》だった。戦意喪失したデスマシーンを残して登ってきたのだ。

「鍵を取りに来たのか？」

「いいえ。その鍵は君が手に取るべき。私はゴールの場面を見たかっただけ」

美玖《みく》が苦笑いしている。梨々花《りりか》と福永《ふくなが》もうなずいた。

これでやっとゲームが終わる。荒い呼吸を整えてから鍵に手を伸ばす。

金色に光る鍵を手に取ると、ファンファーレが鳴った。

地上に咲く花が空に舞い上がり花火となった。蝶《ちょう》が光の粒を散らしながら飛び、妖精たちが花を空に投げながら踊っている。

「わあ、すごい……」

梨々花《りりか》が輝く空間に見とれている。ついにゴールへの扉が開かれた。この光景を見て、自分

は正しくカードを並べたのだと、鳴海《なるみ》は思った。

「ゲームクリアです。現実にいるプレイヤーはカプセルに入り待機、仮想にいるプレイヤーはそのまま運ばれますが、いったんログアウトしてください」

妖精が鳴海《なるみ》の肩に舞い降りた。

「ログアウト？」

「このアバターを破壊しての強制ログアウトをお願いします」

鳴海《なるみ》が首を傾《かし》げていると、美玖《みく》がにこりと笑った。

「こうするのよ」

いきなり美玖《みく》が屋上からダイブした。飛び落りてアバターを破壊するということだ。仮想とはいえ、なんて強引なことを……。

「先に、行く」

福永《ふくなが》が屋上の縁に立ち、こちらを振り返った。

「ここから出る前に言っておく。このゲーム楽しかった」

一瞬だが彼女が微笑《ほほえ》んだ気がした。

「また学校で」

福永《ふくなが》も花火の散る空へと身を投げだす。彼女の体は仮想世界の風に溶けた。

「マジかよ……」

たとえ仮想だとわかっていても墜落するのは無理だ。こんな高い場所から飛び降りられるのは、頭のおかしい人間だけだ。

「ふふっ、鳴海《なるみ》君は臆病なんだね」

仮想の花火の光の粒を浴びながら、梨々花《りりか》が笑っていた。

「この世界は自由なの。死ぬのも生きるのも、飛び降りるのも自分の意思で決められる」

梨々花《りりか》は鳴海《なるみ》に手を差し出した。

鳴海《なるみ》は彼女の手を握りながら思う。やはりこの場所は自分がいてはいけない場所だ。彼女のように壊れた狂人だけが立てる場所……。

「必要なのは理性でも冷静さでもない。ただ、足を踏みだす勇気だけ」

鳴海《なるみ》と梨々花《りりか》は屋上の縁に立つ。

「私の手を握って、ただ、ぴょんとジャンプするの……」

二人は仮想世界の空を飛んだ。

エピローグ

「難易度の高いゲームだったようだな。『水没処刑』がVRシステムになっているというヒントが少ない。よくクリアしたもんだよ」

須野原《すのはら》がキーボードを叩《たた》いている。

鳴海《なるみ》たちは日常へ帰還していた。机の上には『悪魔』のタロットカードが置かれている。処刑されていないノーマルなカード。鳴海《なるみ》は悪魔を制御することに成功した。

「またも賞金はお預けだったけどな」

鍵を手に入れたチームのボーナスとして、持ち出したカードが五倍になるらしかった。しかし、プレイヤーとの交流にて換金できるカードはすべて手放していた。ゼロにいくら数字をかけたところでゼロなのだ。

「僕のせいですね」

窓枠に座る渚《なぎさ》がシュンとしている。帰還後に部室に来たが、いたのは須野原《すのはら》と渚《なぎさ》だけだった。

「渚《なぎさ》はよくやってくれたよ。換金カードじゃなくて、あのGカードを集めてくれたから俺たちは助かったんだ。それに無駄だったわけじゃない」

鳴海《なるみ》は渚《なぎさ》にブロッククッキーの箱を放り投げた。食料系のカードはポーチに残っており、その五倍の量が部室に送り届けられていた。

「じゃあ、一緒に食べましょうか。これ、コーヒーに合いますよね」

渚《なぎさ》はクスクス笑いながらクッキーの箱を開ける。金は手に入らなかったが、かわいい後輩の笑顔は守れたのだ。しかし今回のゲームでも渚《なぎさ》の姉は見つからず、ゲームは続行されることになる。

「たとえばさあ」鳴海《なるみ》は渚《なぎさ》の横に座る。「双子なんだから、姉の振りをするっていうのはどうだろう？　渚《なぎさ》がいなくなったことにして、姉の名義でゲームに参加するんだ。すると、データの矛盾が生じたりして、もしかしたら居場所が判明するかも」

渚《なぎさ》は呆《あき》れたような複雑な表情をしながら、鳴海《なるみ》の口にクッキーを押し込む。

「先輩は、そんなに僕にスカートを穿《は》かせたいんですか？」

「いや、そうじゃなくて」

自信がなかった。これからも危険なゲームを続けることができるのか。渚《なぎさ》のためにもゲーム攻略以外の方法はないものか。

「僕はこのままでいいです。……あ、ほら、やっぱりこっちにいます」

渚《なぎさ》が見せたタブレットでは、VRバトルがリアルタイムで開催されていた。リングの上で戦っているのは福永紅《ふくながこう》だ。ゲームから帰還したばかりで、すでに彼女は戦っている。

ゲームクリア寸前に美玖《みく》と戦い始めたように、福永《ふくなが》は戦いに快楽を求めているのか。それとも戦っている間だけ何かを忘れられるのか……。

「まるでFIだな」

福永《ふくなが》のコスチュームには多くのステッカーが貼られている。スタープレイヤーの福永《ふくなが》はネットの広告塔だ。同好会などの団体がこぞって彼女に広告費を払うのだ。それには莫大《ばくだい》な資金がかかるが、彼女に金を払う団体は後を絶たない。それほど福永《ふくなが》のバトルには価値がある。

「あ……」

渚《なぎさ》が画面を指さした。一瞬だが福永《ふくなが》のコスチュームに貼られている『スポーツ研究会』のステッカーが見えた。もちろんスポ研は広告費など払っていない。

蛍光色のライトが降り注ぐ中で、福永《ふくなが》はバトルに勝利する。舞い散るデータの紙吹雪とチップ。悠然とリングを下りようとした福永《ふくなが》が足を止めた。何かを見ている。

……リングサイドに出現した女性がいた。仮面の女性が福永《ふくなが》の視線を受け止めている。それに気づいた視聴者たちのコメントが、濁流のように流れる。

「仮面のサーティナインですね」

仮想のリングで福永《ふくなが》と仮面をかぶった美玖《みく》が対峙《たいじ》している。あのバトルの続きをここで始めようというのか……。

「あーあ、残念」

渚《なぎさ》が首をすくめる。バトルフィールドが崩れていった。バトルを開催する生徒会が介入し、またも二人のバトルはお預けとなった。生徒会は未知なるサドンデスの探索を目指すつもりだ。そのために美玖《みく》と福永《ふくなが》は利用価値があるということなのだろう。

バトルフィールドが崩壊する寸前、仮面の美玖《みく》は画面に投げキッスをする。ハートのエフェクトが散り、画面は暗転した。

なんだか死のゲームが嘘《うそ》のようだ。それらは日常の裏側で息を潜めている。ぺらりと紙を一枚だけめくった裏側だ。

「あれはなんだったんだろう」

鳴海《なるみ》はつぶやく。サドンデスとはなんなのか……。

「一つの生命体なのかもな」

答えたのは、プログラム作成のアルバイトをしている須野原《すのはら》だった。

「はあ？　何言ってんだ」

「たとえば、今ではほとんどのプログラムはＡＩだ。アニメ化したベストセラーの小説だってＡＩが書いてるのを知ってるか？　プロットやキャラクターやセリフなど、すべてがデジタル的に解析され、評価関数を使って人間が楽しめる小説を書き続けている。それと同じように、サドンデスというゲームもそうなのかも」

「ゲームの中枢はＡＩだと？」

人間が関わっていないはずはない。しかし、誰もその全体像は知らない可能性はある。たとえばゲームに使うカードやフィールドを作ったとしても、それが死のゲームに使われることを知らない。

いや、考えてみればそんなことは多々ある。須野原《すのはら》がバイトで作っているプログラムだって、誰が買ってどのように利用しているかは本人も知らないのだ。

「生徒会も言っていたけど、サドンデスの枠組みが出来上がったのが約五年前とされる。そのきっかけはなんだったのか……」

須野原《すのはら》の話を聞きながら空を見る。青い空をパタパタと何かが飛んでいる。

「ちょっと出てくる」

鳴海《なるみ》は渚《なぎさ》と須野原《すのはら》に断って部室を出る。コーヒーを飲みながら旧校舎の階段を上り、屋上への扉を開けると夏の熱気が鳴海《なるみ》を包み込んだ。

《あ、おかえりなさい》

屋上を飛んでいたのは妖精だった。そして、フェンスに手を添えながら校庭を眺めている梨々花《りりか》がいた。彼女も無事にゲームから帰還した。

鳴海《なるみ》は梨々花《りりか》の隣に立つ。

「二枚目のカードを手に入れたよ」

梨々花《りりか》は鳴海《なるみ》の持つタロットカードをちらりと見た。ゲームはクリアしたが、梨々花《りりか》のゲームはまだまだ終わらない……。

「私はゲームを終わらせたい」

梨々花《りりか》が空に向いたままつぶやいた。

「わかってるよ」

「私のゲームじゃなくて、サドンデス自体を終わらせたいの」

「そんなことが、できるのかな」

ゲームをするだけでも身を危険にさらした。さらにゲームの中枢に手を突っ込もうなど、なんの後ろ盾もない自分たちにできるわけがないと思った。

「……五年前だったの」

梨々花《りりか》がフェンスの金網をぎゅっと握った。

「ちょっと家庭に事情を抱えるようなありきたりな話だった。そしてそのときの私も、それから逃げるためにありきたりな手法を取ろうとした」

ありきたりな手法というのは自殺だろう。子供が手に負えない問題を解決するには、飛び降りるか手首を掻《か》っ切《き》るかしかない。

「私は自殺サイトの指示に従った。苦しまない自殺方法とやり方を提示してくれる、よくあるサイト。だけど、その指示に従ううちに、いつの間にか私はある場所にいた」

梨々花《りりか》は何を言っているのか。彼女の真意がわからない。

「そこはたぶん地下だった。そこにバニーガールの格好をした女の子のロボットがいたんだけど、壊れかけていた……」

そのロボットはこう言った。《ここは多くのエンターテインメントが作られた場所です》と。

この密室で死をかけた数々の人間ドラマが作られた。

しかし、今やその役目を終えようとしているときだった。その密室は主催者の人間に棄《す》てられ、知能を持ったロボットだけが残っていた。

《私とゲームをしていただけませんか？》

ＡＩは梨々花《りりか》に言った。

《約束していただけたら、あなたのすべての問題を解決します》

そのＡＩは命令を欲《ほっ》していたのだ。密室でゲームを開催する欲求を持っていたが、ＡＩそのものには決定権がない。行動するためには人間の意思が必要なのだ……。

「うん、一緒に遊ぼう。……って私は答えた」

風が梨々花《りりか》と鳴海《なるみ》の体を吹き抜けていく。

「私はあの時に救われたの。本当に問題は解決された」

そのＡＩは救う力を持っていた。密室で得た人間たちのデータを利用して、外の世界にも介入したのだろうか。

「そして高校生になったら、約束どおりにゲームの招待状が来た。一度死んだ身だから、死のゲームなんてどうってことなかった」

梨々花《りりか》は空を見上げ続けている。

「でも思ったの。もしもあれがきっかけだったとしたら。私のせいでゲームが作られたのだとしたら」

「それは考えすぎだよ。あまりに突飛すぎる」

「だから死ぬべきだと思った。死ぬことで責任を取れるのだと、私はゲームに身を投じた。ゲームをやっているときだけ罪悪感が消えたから……」

「何言ってるんだ」

鳴海《なるみ》が梨々花《りりか》の腕を握って、強引にこちらを向かせる。彼女は泣いていた。

その涙は、動画で見たときともゲームの中で見たものとも違った。

「すべては君のせい」

梨々花《りりか》は鳴海《なるみ》の胸に手を添える。

「ナギちゃんやコウちゃん、須野原《すのはら》君や鳴海《なるみ》君のせい。君たちのせいで怖くなった。私は、初めて死にたくないと思ったの。みんなで一緒に普通のゲームができれば、どんなに楽しかっただろうかって」

悪意で作った道も天国へと通じることがある。その逆もまたしかり。あの死のゲームで、梨々花《りりか》の壊れた心が修復されてしまったとしたら。それは今後もゲームを続けねばならない彼女にとって残酷なことだ。梨々花《りりか》は壊れたままだったほうが幸せだったかもしれない。

「死にたくない……」

涙を流す彼女のために、自分は何をしてやれるのか。

決断する時間がほしかった。せめてこの缶コーヒーを飲み終わるまで……。

ゲームの中で自分が凡人であることを知った。死が迫ったときに足が震え呼吸が乱れた。デスマシーンに胸を貫かれる悪夢で、未《いま》だにうなされる弱い人間だ。

このまま引き返して屋上の扉を閉めれば、何もなかったことになる。今なら日常の学校生活に戻ることができる。

空を飛ぶ妖精を見て思う。この世界は妖精が俺に見せている夢なのじゃないのかと。それとも妖精のいる世界が現実で……俺のいた世界が夢だったのか？

……覚悟を決めろ。彼女の涙はハンカチでは解決しない。

彼女には心を与え、妖精には乾電池、そして自分には勇気を。

彼女の手を握ってこの世界からダイブしろ。そうだ、必要なのは理性ではなく、ジャンプする勇気だけ……。

鳴海《なるみ》は梨々花《りりか》に向き直る。

缶コーヒーが空になった。

異世界妖精のあとがき

『勇者たちが動きだしてしまいました』

スポ研のパソコンに通話があったのは、鳴海《なるみ》たち四人が『悪魔のタロット』のゲームに向かってすぐのことだった。画面には慌てる妖精の姿が映っている。

「鳴海《なるみ》たちはちょっと出かけてるよ」

須野原《すのはら》は、ひとり部室でプログラムを作っていた。

『怒り狂った勇者たちが徒党を組んで、この魔王城まで到達するのも時間の問題です』

「でも、そういう世界だからしょうがないよね」

『私を強引に魔王にしたのは鳴海《なるみ》さんたちです。その責任を取っていただかないと』

須野原《すのはら》はため息をつくと、妖精の相手をしてやることにした。

『魔王城を守る戦力が、魔王親衛隊だけでは足りないのです』

「じゃあ、フリーの魔物を雇ったほうがいい」

『やっぱり部下に引き入れ、戦力を増強をするべきですよね』

「部下じゃない。そうすると死んだときに保証とかいろいろと面倒だろ。魔物を個人事業主として、あくまで契約を結ぶだけにするんだ。そうすれば給料だけ払って使い捨てにできる」

『あのう、魔物とはいえ使い捨てにするのは……』

「その代わり、身内の親衛隊には報酬や手当などを手厚くする。すると、フリーの魔物は親衛隊に入りたくて必死に戦うだろ。死者は出るだろうが、魔王サイドの懐《ふところ》は痛まない」

『でも、心が痛みます』

「お前は魔王で組織のトップだろ。多少の犠牲には目をつむれ」

須野原《すのはら》は妖精から、親衛隊の戦力や魔王城の資金力などのデータを聞き取る。

「……うーん、構造改革が必要だな。俺が新しいメトリクスを作ってやるから待ってな」

須野原《すのはら》は魔王城防衛計画のドラフトを組み立てた。

「詳しい情報がわからないから流動的だけど、こんなものかな」

『……あの、この計画には無理があるというか。人員がまったく足りません。三百年前と違って親衛隊は五分の一ほどになってまして』

「じゃあ、それぞれが五倍働けばいいじゃないか」

『え？』

「ん？」

『あ、いえ、だとしても、このスケジュールだと睡眠時間もないというか』

「え？　え？」

『え？　いいえ、魔物も生物であり睡眠を取るのです』

「あ、寝るつもりだってことに驚いてさ。人間の俺だって真っ先に削る要素なのに」

『親衛隊も三百年戦いから離れてましたから、あまりハードなことは……』

「じゃあ、前にスポ研で後輩相手に行った研修プログラムを流用しよう。睡眠不足にして正常な判断力を低下させ、洗脳して従順な人格を作る。……ほら、これだ」

『……悪魔だ』

研修プログラムを見た妖精が目を丸くしている。

そんな妖精を見て、須野原《すのはら》は苦笑いした。同情したのも確かだった。この妖精は鳴海《なるみ》たちに、なりたくもない魔王に強引に据えられたのだ。その責任は取ってやるべきかもしれない。

「じゃあさ、こっちの世界に逃げてくるか？　こっちも人手が足りないし、妖精ならもう一匹ぐらい増えたところであれだし。俺の助手でもすればいいよ」

『嫌です。こっちの世界で頑張ったほうがマシな気がします』

妖精はきっぱりと断った。

◉土橋真二郎著作リスト

「扉の外」（電撃文庫）
「扉の外Ⅱ」（同）
「扉の外Ⅲ」（同）
「ツァラトゥストラへの階段」（同）
「ツァラトゥストラへの階段2」（同）
「ツァラトゥストラへの階段3」（同）
「ラプンツェルの翼」（同）
「ラプンツェルの翼Ⅱ」（同）
「ラプンツェルの翼Ⅲ」（同）
「ラプンツェルの翼Ⅳ」（同）
「アトリウムの恋人」（同）
「アトリウムの恋人2」（同）
「アトリウムの恋人3」（同）
「楽園島からの脱出」（同）
「楽園島からの脱出Ⅱ」（同）

「OP-TICKET GAME」（同）
「OP-TICKET GAME Ⅱ」（同）
「コロシアム」（同）
「コロシアムⅡ」（同）
「コロシアムⅢ」（同）
「女の子が完全なる恋愛にときめかない3つの理由」（同）
「このセカイで私だけが歌ってる」（同）
「処刑タロット」（同）
「殺戮ゲームの館〈上〉」（メディアワークス文庫）
「殺戮ゲームの館〈下〉」（同）
「生贄のジレンマ〈上〉」（同）
「生贄のジレンマ〈中〉」（同）
「生贄のジレンマ〈下〉」（同）
「演じられたタイムトラベル」（同）
「人質のジレンマ〈上〉」（同）
「人質のジレンマ〈下〉」（同）
「FAKE OF THE DEAD」（同）
「AI《アイ》に負けた夏」（同）

本書に対するご意見、ご感想をお寄せください。

電撃文庫公式ホームページ 読者アンケートフォーム
http://dengekibunko.jp/
※メニューの「読者アンケート」よりお進みください。

ファンレターあて先
〒102-8584　東京都千代田区富士見1-8-19
アスキー・メディアワークス電撃文庫編集部
「土橋真二郎先生」係
「植田 亮先生」係

本書は書き下ろしです。

電撃文庫

処刑《しょけい》タロット

土橋真二郎《どばししんじろう》

2017年11月10日　初版発行

発行者　郡司 聡
発行　株式会社KADOKAWA
〒102-8177　東京都千代田区富士見2-13-3
プロデュース　アスキー・メディアワークス
〒102-8584　東京都千代田区富士見1-8-19
03-5216-8399（編集）
03-3238-1854（営業）
装丁者　荻窪裕司 (META＋MANIERA)
印刷　株式会社暁印刷
製本　株式会社ビルディング・ブックセンター

ISBN978-4-04-893462-6　C0193　Printed in Japan

電撃文庫　http://dengekibunko.jp/
株式会社KADOKAWA　http://www.kadokawa.co.jp/

電撃文庫創刊に際して

文庫は、我が国にとどまらず、世界の書籍の流れのなかで〝小さな巨人〟としての地位を築いてきた。古今東西の名著を、廉価で手に入りやすい形で提供してきたからこそ、人は文庫を自分の師として、また青春の想い出として、語りついできたのである。

その源を、文化的にはドイツのレクラム文庫に求めるにせよ、規模の上でイギリスのペンギンブックスに求めるにせよ、いま文庫は知識人の層の多様化に従って、ますますその意義を大きくしていると言ってよい。

文庫出版の意味するものは、激動の現代のみならず将来にわたって、大きくなることはあっても、小さくなることはないだろう。

「電撃文庫」は、そのように多様化した対象に応え、歴史に耐えうる作品を収録するのはもちろん、新しい世紀を迎えるにあたって、既成の枠をこえる新鮮で強烈なアイ・オープナーたりたい。

その特異さ故に、この存在は、かつて文庫がはじめて出版世界に登場したときと、同じ戸惑いを読書人に与えるかもしれない。

しかし、〈Changing Times,Changing Publishing〉時代は変わって、出版も変わる。時を重ねるなかで、精神の糧として、心の一隅を占めるものとして、次なる文化の担い手の若者たちに確かな評価を得られると信じて、ここに「電撃文庫」を出版する。

1993年6月10日
角川歴彦

電撃文庫DIGEST　11月の新刊

発売日2017年11月10日

アクセル・ワールド22
—絶焔の太陽神—

【著】川原 礫　【イラスト】HIMA

黒と白の戦いは熾烈を極め、結果として敗北に終わってしまったハルユキ。しかし、一枚のリプレイカードが土壇場で起死回生のプランを生み出し……!!

ストライク・ザ・ブラッド18
真説・ヴァルキュリアの王国

【著】三雲岳斗　【イラスト】マニャ子

国王直々の招待により、アルディギア王国を訪れた古城と雪菜。そこで彼らを待ち受けていたのはラ・フォリアの奸計と、欧州各国を巻きこむ大規模テロ事件だった。大人気シリーズ待望の第18弾!!

俺を好きなのはお前だけかよ⑦

【著】駱駝　【イラスト】ブリキ

キミは、女の子のおっぱいを触ったことはあるかい?　俺は、ある。しかも二人。そして、おっぱいタッチしたその子たちの彼氏でもある。えっと文字数が足りないから釈明は本編でな?

ガーリー・エアフォースVIII

【著】夏海公司　【イラスト】遠坂あさぎ

グリペンの運命を知った慧は、二人で空を飛ぶことに疑問を感じ、戦場から離れてしまう。苦戦を強いられるアニマたち、そしてザイの次なる攻撃目標は——小松!?　果たして慧の取る選択は——。

剣と炎のディアスフェルドIII

【著】佐藤ケイ　【イラスト】PALOW

アルキラン東方の国境紛争地へと赴くことになった騎士ルスタット。道中、様々な危機が降りかかるが、高潔で勇敢な心は揺るぎない。王道ファンタジー戦記、第3弾は比類なき英雄譚!

剣と魔法と裁判所2

【著】蘇之一行　【イラスト】ゆーげん

無敗の弁護士キールが挑む次なる依頼は、冒険者に殺されたモンスターの敵討ちだ。モンスター討伐が認められた世界で、常識を破るキールの奇想天外な解決策とは——?

新作 処刑タロット

【著】土橋真二郎　【イラスト】植田 亮

「……やっと会えました」鳴海恭平はあるきっかけで、裏の世界で開催される脱出ゲーム「サドンデス」に招待される。そこで恭平は様々な事情を背負う少女たちと出会い……。

新作 お前(ら)ホントに異世界好きだよな
~彼の幼馴染は自称メインヒロイン~

【著】エドワード・スミス　【イラスト】ERIMO

異世界なんて、現実にあるわけないだろ。フィクションだよ、フィクション。そう信じていた俺が、異世界を渡り歩くことになろうとは……。勘弁してくれ!

新作 うさみみ少女はオレの嫁!?

【著】間宮夏生　【イラスト】フルーツパンチ

YOUは何しに月面へ?　——UFOに轢かれたら、そこは月の上でした……。オレを轢いたのは「月の民」第一王女。そんな破天荒なうさみみ美少女と月で同棲だって!?

新作 青春デバッガーと恋する妄想 #拡散中

【著】旭 蓑雄　【イラスト】白井鋭利

アキバAR空間を侵食するのは少女の妄想。隠れオタの優等生、金髪たわわなコスプレマニア、腹黒ロリータ。そんな彼女たちの悩みとは?　ちょっぴり歪んだ僕らのオタク青春ラブコメ。

第23回
電撃小説大賞
金賞
受賞
賭博師は祈らない
「トバクシハイノラナイ」
周藤 蓮
illustration ニリツ

奴隷の少女と孤独な賭博師。

不器用な二人の痛ましく、愛おしい生活。


十八世紀末、ロンドン。

賭場での失敗から、手に余る大金を得てしまった若き賭博師ラザルスが、仕方なく購入させられた商品。

──それは、奴隷の少女だった。

喉を焼かれ声を失い、感情を失い、どんな扱いを受けようが決して逆らうことなく、主人の性的な欲求を満たすためだけに調教された少女リーラ。

そんなリーラを放り出すわけにもいかず、ラザルスは教育を施しながら彼女をメイドとして雇うことに。慣れない触れ合いに戸惑いながらも、二人は次第に想いを通わせていくが……。

やがて訪れるのは、二人を引き裂く悲劇。そして男は奴隷の少女を護るため、一世一代のギャンブルに挑む。